厨病激発ボーイ

原案／れるりり(Kitty creators)
著／藤並みなと

19536
角川ビーンズ文庫

口絵・本文イラスト／穂嶋（Ｋｉｔｔｙ ｃｒｅａｔｏｒｓ）
イラストカット／こじみるく（Ｋｉｔｔｙ ｃｒｅａｔｏｒｓ）

第一章
放て！ おれのサーチライト

「きた……っ！」

転校初日。新しいクラスメイトたちの前で私が挨拶《あいさつ》をした時、そんな叫《さけ》びとともにガタッと音を立てて席を立ったのが、野田大和《のだやまと》だった。

同年代の男子と比べたらかなり小柄《こがら》で、童顔。

Tシャツとジーンズのラフな服装。

頰《ほお》を紅潮させ、くりくりした大きな瞳《ひとみ》を瞠《みは》りながら、その少年は食い入るように私を見つめていた。

「どうした、野田？」

担任教師に怪訝《けげん》そうに尋《たず》ねられ、はっと我に返ったように瞬《まばた》きしてから「なんでも……ありません」と着席する野田君。

いや、そんなわけないでしょ。あからさまに何かあるよね？

席についてからも、野田君はじっとこっちを見ている……。

まずは自己紹介《しょうかい》をしよう。私の名前は聖瑞姫《ひじりみずき》。

黒髪《くろかみ》のセミロング。身長一六〇センチ。体型は普通《ふつう》。

山羊座《やぎざ》ＡＢ型の十五歳で、趣味《しゅみ》は読書とネット、音楽鑑賞《かんしょう》という生粋《きっすい》のインドア派。

好きな色は水色。好きな花は沈丁花《じんちょうげ》。好きな言葉は「平穏《へいおん》」。

わけあって五月の半ばという中途半端《ちゅうとはんぱ》な時期に、ここ、私立皆神《みなかみ》高校に転校してきた。

皆神高校は、自由な校風が人気の進学校で、最近全面改装されたという校舎はどこもかしこもピカピカして気持ちがいい。

制服自由校だから、みんなどんな格好をしてるかと思ったけど、奇抜《きばつ》な服装の生徒はほとんどいなくて、基本カジュアルな私服姿。女子は各自で用意したブレザーやセーラー服のなんちゃって制服スタイルの子も多い。

前の学校で着ていたセーラー服に、ミントグリーンのカーディガンを羽織って登校してきた私は、同じような服装の子がたくさんいることに、ひとまずホッとした。

悪目立ちはしたくない。地味でいい。

気の合う友達と平穏無事に高校生活を過ごしたい、というのが私の最大の願いだった。

——さて、野田君である。

説明したとおり、私の外見にさほど特徴《とくちょう》があるわけではない。

そしてあの時、私はみんなの前で名前を言っただけだった。にもかかわらず、あの謎《なぞ》のリアクション。

いったい何が『きた……っ!』なんだろう?


その後私が指示された席について、授業を受けている間も、ずっと野田君からの視線は感じていた。

転校生という立場上、クラスメイトたちからの物珍《ものめずら》しそうな視線がチラチラと向けられるのは当然だと思ったけれど、野田君は他《ほか》の子たちとは様子が違《ちが》った。

かすかに上気した肌《はだ》。熱を帯びた眼差《まなざ》し。

一度思い切って見つめ返したら、ニッと人懐《ひとなつ》っこく微笑《ほほえ》まれたので、とりあえず会釈《えしやく》して顔をそらした。

でもその後も、熱視線が注がれ続けているのがわかった。

何？　なんなの？

☆★☆

二限目の後の中休み。

私はすることもなく窓際《まどぎわ》の席から外を眺《なが》めていた。

五月の空は清々《すがすが》しく晴れ渡《わた》って、爽《さわ》やかな風が木々の緑を揺《ゆ》らしている。

今日この時間まで、私はまだ誰《だれ》からも話しかけられていなかった。

まあ、クラスでもだいたい仲良しグループとかできあがってる時期だもんな……みんな、転校生《わたし》のことは気になるようなそぶりはあるんだけど。

自己紹介の時にもっとちゃんと笑えればよかったかもだけど、生まれながらの不愛想《ぶあいそう》。

しかも、昨日からものもらいで右目に眼帯とかつけてるし。とっつきにくい奴《やつ》と思われてるかなあ。

思い切って、私から周りに話しかけてみる？　でも、引かれちゃったら怖《こわ》いしな……。

ぐるぐると思い迷っていたら、不意に後ろから声をかけられた。

「こんな時期に転校なんて珍しいね～」

振《ふ》り向くと、クラスメイトの女子数名が笑《え》みを浮《う》かべていた。

きたー！　救いの手。ありがとうございます！

大事なファーストコンタクト、下手な対応はできないぞ。

「そうなの。親の仕事の都合で……」

かすかな緊張《きんちょう》を押し込めて、私は苦笑《くしょう》交じりに答えた。

「右目、どうしたの？」

「ものもらいになっちゃって」

眼帯に覆《おお》われた右目をそっと触《さわ》りながら、転校初日についてない、と内心ため息をつく。

「そうなんだ～。早く治るといいね。私は、渡瀬菜々子《わたせななこ》。よろしくね」

ふわふわの長い髪《かみ》の子に微笑まれて、ぱっと気持ちが明るくなった。

菜々子ちゃん……癒《いや》し系っぽい可愛《かわい》い子だ。仲良くなれたらいいな♪

心の中ではファンファーレが鳴り響《ひび》いていたけれど、感情が表に出にくい私は、かすかに笑みを浮かべて頷《うなず》いただけだった。

もっとフレンドリーに笑えたらいいんだけど……この強固な表情筋が憎《にく》い！

「そうそう、新しい学校で不安だろうけど、なにかあったら言ってね」

「ね！　仲良くしよう。私の名前は……」

よかった、みんな優《やさ》しそう……！

気さくなクラスメイトたちの態度にホッとしながら、簡単な自己紹介を交《か》わし終えたところで、校庭の方から男子の声が耳に飛び込んできた。

「大和！」

なんとなく向けた視線の先、金髪《きんぱつ》の男子が蹴《け》り上げたパスボールを、小柄な少年が、驚《おどろ》くほど高い跳躍《ちょうやく》とともに胸でカットした。

そこから野田君は鮮《あざ》やかなドリブルで、向かってくる何人もの生徒を躱《かわ》し、いなし、切り崩《くず》し、ぐんぐんと敵側のゴールへと迫《せま》るやボールを蹴り入れる。

シュートは、一歩も動けないキーパーの左上へ鋭《するど》く突《つ》き刺《さ》さった。

おお……カッコいい。

私はどちらかといえば運動は苦手。あんなふうに活発に身体《からだ》を操《あやつ》れるのは憧《あこが》れだ。

「すごい上手だね。野田君ってサッカー部なの？」

感心しながら聞いてみたら、菜々子ちゃんは「ううん」と首を横に振った。

「野田君はスポーツ万能《ばんのう》だから運動部からは引く手あまただけど、全部断ってるらしいよ」

そうなんだ～、不思議。なにか事情があるのかな？


会心の笑みを浮かべてガッツポーズをする野田君に、さっきパスを出した金髪の男子が駆《か》け寄って、野田君の首に腕《うで》を回して祝福するように小突いている。

えっと、彼は確か野田君の前の席に座ってた覚えがあるけど……。

「あの男子は？」

「高嶋《たかしま》君。野田君の幼馴染《おさななじ》みで、仲良いみたい」

へえ……幼馴染み。

派手な金髪にやたらとヘアピンをつけてて個性的だけど、イケメンだな、高嶋君。

芸能人なみに整った顔立ちで、背もすらっとして高い。

白シャツにベスト、チェックのボトムス、とスクール風の私服をおしゃれに着崩《きくず》している。

私とは人種が違う感じだし、チャラそうだから好みではまったくないけど……野田君も可愛い顔してるし、二人でいるとかなり目立つ。

そんなことを思って眺めていたら、不意に野田君が振り返り、まっすぐにこちらを見つめてきた。

また、私を見てる!?

距離《きょり》があっても感じられる、その物怖《ものお》じしない眼差しの強さに、どぎまぎして思わず顔を背《そむ》けた。

「……なんか野田君、ずっと瑞姫ちゃんのこと見てるよね」

「うんうん、もしかして、一目惚《ひとめぼ》れされちゃったとか？」

菜々子ちゃんたちの言葉に、へ？　と呆気《あっけ》にとられてから苦笑した。

「そんなことあるわけないって」

自分の顔面レベルはわきまえている。

「えー、ありえるありえる。瑞姫ちゃん可愛いもん」

いやいや菜々子ちゃんのが可愛いよ、と本心から思ったけれど、お世辞の言い合いっぽくなるのは嫌《いや》だったので「ないない」とだけ答える。

「それにしても、野田君も高嶋君も二人ともモテそうだよね」

「…………」

「…………」

「…………」

話題を変えるつもりで何気なく口にしてみたところ、それまでニコニコと話していた女子たちはなぜか無言でいっせいに視線を逸《そ》らした。

……ん……？


その後の授業でも、しょっちゅう野田君と目が合った。自意識過剰《かじょう》とかじゃなく、絶対見られてる。

なんで私のことをそんなに見てるの？　前にどこかで会ったことがあったりする？

よっぽど聞きに行こうと思ったけれど、野田君は休み時間はいつも前の席の高嶋君とだべっていた。

なるべく地味に平穏《へいおん》に日々を過ごすのが私の理想だ。ただでさえ周囲の注目を集めやすい転校初日、あんな目立つ男子たちのところに特攻《とっこう》をかけるのは気が引けた。

☆★☆

そして、昼休み。

お弁当を一緒《いっしょ》に食べようって、菜々子ちゃんを誘《さそ》ってみよう……！

席を立って、菜々子ちゃんの方へ駆け寄ろうとしたところ――気が急《せ》いていたからだろうか、途中《とちゅう》の椅子《いす》に躓《つまず》いてバランスを崩してしまった。

倒《たお》れる……っ！

ひやっとした次の瞬間《しゅんかん》、ぐっと二の腕を摑《つか》まれ、誰《だれ》かに支えられた。

「大丈夫《だいじょうぶ》か？」

少しだけかすれた、まだ声変わり前の男子の声が耳元で聞こえて、一瞬鼓動《こどう》が不規則に飛び跳《は》ねる。

野田君!?

「う、うん、ありがとう」

お礼を告げると、野田君は口元をほころばせたけど、すぐに真面目《まじめ》な顔になった。

「大事な話がある」

それだけ言うと、私の腕を摑んだまま、歩き出す。

え？　え？　ええ？

「の、野田君？」

突然《とつぜん》なに？　てかクラスのみんながめっちゃ見てるんだけど……！

私は混乱したまま、無言の野田君に引きずられるように教室を後にした。

☆★☆

連れてこられた先は、人気のない屋上だった。

野田君は私の腕から手を離《はな》すと、真剣《しんけん》そのものの表情で私に向き合った。

心臓がいつになくドキドキと高鳴っている。

さっぱりわけがわからないけど、もしかしてこの状況《じょうきょう》って……告白？

――「もしかして、一目惚れされちゃったとか？」

菜々子ちゃんの声が蘇《よみがえ》り、いやいやまさかと心の中で否定する。

……でも、好みは人それぞれっていうし……。

息をのんで立ちすくむ私を、熱を帯びた眼差《まなざ》しでまっすぐに見つめながら、野田君はとうとう口を開いた。

「——待ってたぜ、ピンク」

…………………………は？

「ピンク……？」

意味が解《わか》らず復唱した私に、そうだ！　と力強く頷《うなず》く野田君。

「予感がしてたんだ。この高校で、運命の五人の戦士が集《つど》うことになると……！　時期外れの転校生！　ミステリアスな眼帯！　そして聖瑞姫というセンスある名前《ネーミング》！　一目見た瞬間にビビッときた。おまえがヒロインだ！」

キラキラと瞳《ひとみ》を輝《かがや》かせた野田君にビシイッと指で指されたけど……意味が解らない。

運命の戦士？　ヒロイン？　は？　なに？

ぽかーんとしていたら、新たな声がその場に響《ひび》いた。

「落ち着け、大和。転校生がびっくりしてるぞ」

くくっと肩《かた》を揺《ゆ》らして笑いをかみ殺しながら現れたのは、金髪《きんぱつ》の派手めのイケメン……高嶋君。

「おまえも来たのか、イエロー」

「イエロー!? 俺イエローなの!?」

いたって真面目な顔で呼びかけた野田君に、高嶋君がぎょっとしたように目を瞠《みは》る。

「ああ、ピンクに会った時に気付いた。智樹《ともき》はイエローだ」

「いや、せめてブルーだろ! イエローってお笑い担当のデブのイメージじゃん。こんな天下のイケメンつかまえてイエローはないって!」

野田君に全力で抗議《こうぎ》していた高嶋君は、そこまで言って、未《いま》だに目を白黒させている私の存在を思い出したようだ。コホン、と芝居《しばい》がかった咳《せき》をしてから、こちらに向き直った。

「あー、解説すると、大和はヒーロー番組とか特撮《とくさつ》ものが好きすぎて、自分が戦隊もののレッドだと思い込んでるわけ。で、聖のことをピンクだと思ってるみたいだな」

……………はあああ?

なんじゃそりゃ、と呆気《あっけ》にとられる私の前で、野田君は「思い込みじゃねーよ」と不本意そうに高嶋君を睨《にら》んでから、こちらに向き直る。

「ピンクの得意技《わざ》はなんだ？　やっぱその右目に特別な力が宿っているんだろ？　『聖』という苗字《みょうじ》から想像するに回復系か、はたまた……」

「と、得意技なんかないし！　というかピンクじゃないから」

思いっきりドン引きしながらきっぱり言うと、「なに……⁉」と野田君がショックを受けたように顔をこわばらせた。

「まだ目覚めていないってことか……」

「まだもなにも一生目覚めることはありません！」

「恐《こわ》がらなくてもいいぜ。身に余る強大な力を手にすることになったとしても、ピンク、おまえには仲間がいるんだ」

グッと親指を立てて励《はげ》まされた。

話が通じない……。

えーと、つまり野田君が朝からずっと私を見つめてたのは、仲間が来たと思ってたからなの？　顔が赤かったのは、興奮のため？

……………アホだ。どうしようもなくアホだよ、この子。

野田大和の正体は——こじらせちゃってパンパカパッパッパーンな厨二病《ちゅうにびょう》男子だった。

「しかし覚醒《かくせい》がまだということは、危険も大きいな。無防備なところを『組織』の連中に狙《ねら》われたらイチコロじゃねーか……」

親指の爪《つめ》を噛《か》みながら眉《まゆ》をひそめる野田君。

いや『組織』って何。何を言ってるか本当に意味不明なんだけど。

「……よし」

やがて野田君はぱっと顔を上げて私の両肩に手を置く。

「今日からおれがボディガードとして、なるべくピンクの傍《そば》についていることにしよう」

「結構です！　ちょっと、高嶋君、この子なんとかして」

助けを求める私を、高嶋君はスマホをいじりながら「無理」とあっさり切り捨てた。

「今は空良《そら》ちゃんとデート中だから」

「デートって……ゲームしてるだけじゃない」

高嶋君のスマホからは、可愛《かわい》らしい女の子たちの歌声が聞こえていた。最近流行してい
るアイドル育成ゲームだろう。

「この時間が空良ちゃんとの愛を育《はぐく》む大事なひと時なんだよ。ああ、空良ちゃん、今日も
可愛いなあ……控《ひか》えめに言って天使」

画面の美少女キャラを見つめてにへらっと相好を崩《くず》す高嶋君……まさかのオタクか！

なんという無駄《むだ》美形……。

脱力《だつりょく》して眺《なが》めていたら、高嶋君がこちらを見て、「ん？」というように首をかしげた。

それから、フッと不敵な笑《え》みを浮《う》かべながら、髪《かみ》をかき上げる。

「いくら俺がイケメンだからって惚《ほ》れても無駄だぜ。残念ながら、リアルの女には興味な
いんだ」

……うわ～。いろんな意味で本当に、残念だ……。

「と、とにかく、私はこれで！　早く戻《もど》らないとお昼食べる時間なくなっちゃうし」

「待て、ピンク！　一人は危険だ。一緒《いっしょ》に食べよう」

「大丈夫《だいじょうぶ》だから、ついてこないで……！」


教室に戻ると、菜々子ちゃんたちの姿はなかった。他《ほか》の場所で食べてるのか、すでに食べ終わって遊びに行ってしまったのか。

仕方なく自分の机でお弁当を広げた私のすぐ横で、野田君と高嶋君もそれぞれパンとお弁当を食べ始める。……これじゃ周りから見たら一緒に食べてるみたいじゃないか。


「ピンクの好きな食べ物はなんだ？」

「……煎餅《せんべい》」

「渋《しぶ》いな。おれの好物は焼き肉とラーメン。イエローはカレーだ」

「違《ちが》うから！　勝手に決めるな、俺が好きなのは唐揚《からあ》げ！」

「イエローといったら好物はカレーだろう。今日からカレーにしろ」

「無茶《むちゃ》言うな」

半眼で抗議していた高嶋君は、自分のお弁当から卵焼きをつまみ、ふっと口元をほころばせた。

「今日は千夏《ちなつ》の弁当だな……ったく、卵焼き、焦《こ》げてるじゃねえか」

千夏？　と首をかしげる私に、「智樹の彼女だ」と野田君が教えてくれる。

「なんだ、彼女いるんだ」

彼女の手作り弁当とは、このリア充《じゅう》め。リアルの女には興味ないとか言ってたくせに……。

思わず呟《つぶや》いたところ、高嶋君は心外そうに鼻を鳴らした。

「当然だろ。そろそろ増えすぎて困ってるくらいだ」

「何人もいるの!?」

うわ、最低……とドン引きした私に、高嶋君は悪びれることなく頷《うなず》く。

「みんなそれぞれに魅力《みりょく》があるからな。一人になんて絞《しぼ》れるわけないだろ？　千夏、さくら、ミコリン、真由《まゆ》、沙羅姫《さらひめ》、弥生《やよい》、星呂《ほしろ》、淡路《あわじ》、なぎさ、七海《ななみ》、兎丸《うさぎまる》、春風《はるかぜ》、茜《あかね》、夕子《ゆうこ》、シャルロット、麗花《リーファ》……」

なんか変わった名前交ざってるな……って外国人まで？

「いつか刺《さ》されるよ」

ゴミを見るような気分で吐《は》き捨てるように言うと、野田君が「大丈夫だ」と首を振《ふ》った。


「全員二次元キャラだから」


……うわあ……それはそれでドン引きだ。

「正妻は空良ちゃんだけどな。空良ちゃんは大和撫子《やまとなでしこ》で料理の腕《うで》もプロ級なんだぜ」

なぜか自慢《じまん》げに語る高嶋君だけど、本当はお母さんが作ったお弁当を、脳内彼女が作ったと妄想《もうそう》して食べてるのか……うわあ……。


「食後は三人で決め台詞《ぜりふ》とポーズの練習だな！」

「やりません」

「やらないし」

話しかけられて無視するわけにもいかず答えていたら、ご馳走様《ちそうさま》をする頃《ころ》には昼休みも終わっていた。

やれやれ、とため息をついていたら、いつのまにか教室に戻ってきたらしい菜々子ちゃんに、「瑞姫ちゃん」と呼びかけられた。

「野田君たちと仲良くなったんだ〜。よかったね」

ほわわんと微笑《ほほえ》まれて、絶句した。

仲良くなんてしてないよ!?　たまたまお昼は一緒になったけど……そう弁明しようとしたところで、野田君が満面の笑みで割り込む。

「ああ。ピンクはおれたちの大事な仲間だ！」

野田君の声は無駄に良く通り、教室中に響《ひび》き渡《わた》った。

クラスメイトたちがざわっと沸《わ》き立って、視線がこちらに集中する。

「ピンク……？」

「野田たちの、仲間……」

「一緒に弁当食べてたしな」

「え、聖さんもあっち系の人だったんだ……」

クラスメイトたちの囁《ささや》きが耳に入り、憤死《ふんし》しそうになった。

ぎゃー、やめてくれ！

「違うの、これは野田君が勝手に――」

「ほら、みんな、掃除《そうじ》の時間だぞー。それぞれの持ち場につけー」

釈明《しゃくめい》の言葉は、最悪のタイミングで現れた担任教師の大声でかき消された。

先生、邪魔《じゃま》しないでください……と恨《うら》みがましい目で見つめると、先生は勘違《かんちが》いしたらしい、「ああ、聖の持ち場か」と頷く。

「中庭清掃《せいそう》が二人だけだったから、そこにしよう。野田、高嶋、案内してやれ」

「……!?」

こうして誤解を解く機会を逃《のが》したまま、掃除の班も野田君たちと一緒で、その後も休み時間のたびに付きまとわれ――気が付くと、すっかりクラスメイトたちからは私も野田君の仲間と思われてしまったようだった。

いやだー。こんな痛い人たちと一緒にしないで……！

この日から、「平穏《へいおん》」とは程遠《ほどとお》い厨二病《ちゅうにびょう》な人たちとの日々が幕を開けたのだった――。

☆★☆

「おれはこの試合、なんとしても勝ちたい！　勝たなきゃならない！　だがおれ一人の力では無理だ。みんなの力を貸してくれー！」

野田君の声が響き、「おー！」とノリのいい男子たちの声があとに続く。

私が転校してきてから一週間が経《た》った。私立皆神高校は、本日、球技大会が開催中《かいさいちゅう》だ。

校庭でサッカー、バスケ。体育館でバレー。

私はバレーを選択《せんたく》したけど、あえなく一回戦で敗退し、今はクラスの応援《おうえん》のために外にきていた。

スポーツ万能《ばんのう》の野田君はバスケに参加して、背丈《せたけ》のハンデもなんのその、驚異的《きょうい》なスピードと瞬発力《しゅんぱつりょく》、ジャンプ力でもって獅子奮迅《ししふんじん》の大活躍《だいかつやく》。ただし——

「いくぞ……バーニングドライブ！」
「みたか！　ノーフォームシュート！」
「まだだ、まだ熱が足りない……もっとおれを熱くしてみろおおお！」

やたらと必殺技名《わざ》を連呼したり、無駄《むだ》に熱血な台詞を叫《さけ》んだりしなければカッコいいのに……。

野田君は時にボールをグーパンチで殴《なぐ》って見当違《ちが》いの方向にパスを出したり、スリーポイントシュートを遠くから打ちすぎてゴールに届かなかったりと、某《ぼう》有名漫画《まんが》の大技を真《ま》似《ね》して失敗しながらも、なんだかんだでチームを勝利に導いた。

「ピンク！　勝ったぞ」

意気揚々《いきようよう》と近づいてきた野田君と高嶋君に、私は「おめでとう」とだけそっけなく伝えると、背を向ける。

極力接触《せっしょく》は持たないように、さっさと離《はな》れよう……そう思っていた私の後ろから、高嶋君の不服そうな声が響いた。

「なんだよー、ぼっちみたいだから話しかけてやってるのに」

「あなたたちが話しかけるからぼっちになってるの！」

いかん、つい応じてしまった。

運動ができる野田君と屈託《くったく》のない高嶋君は、クラスの男子にはわりと馴染《なじ》んでいたけれど、女子たちからは痛い人として避《さ》けられていた。

そしてそんな二人からしょっちゅうちょっかいを出されることで、私まで同類とみなされて、女子から微妙《びみょう》に壁《かべ》を作られるようになってしまっていたのだ。

視線が合うと、サッと顔を逸《そ》らされたり。

消しゴムを拾って渡そうとしても、目を合わさないまま「あ、ありがと」とぎこちなく奪《うば》い取られたり……。

結果、未《いま》だにどこのグループにも属せずに、ぼっちルートを着実に歩み始めている。いみだった。

やあああああ。

ちょっと天然っぽい菜々子ちゃんだけは変わらず接してくれるけど、今日は風邪《かぜ》でお休みだった。

「てか、野田君、ジャージは？」

皆神高校は制服自由校だけど、体育の授業用には指定のジャージがあった。

けれど野田君は半袖《はんそで》半ズボンの体操服で、『野田　3-2』と書かれたゼッケンまでついている。

「忘れたから、普段着《ふだんぎ》のままでやることにした」

「体操服が普段着ってのもどうかと思うよ……」

野田君は中学生時代のこの体操服がお気に入りらしく、日常的にこの姿で登校してきていた。外見にこだわりがないにしても、限度ってものがあるよね……。

「動きやすいんだよ」

野田君はあっけらかんと答えたけど、この体操服姿なら、下手すると小学生でも通用しそうだ。今でも赤白帽《ぼうわた》渡したら嬉々《きき》としてウルトラマンごっことかやりそうだしな……うん、絶対するよこの子。

「ピンク、右目の『力』は安定したのか？」

ものもらいが治って眼帯の取れた右目を見て、そんなことを言ってくる野田君。

「安定って、もともと『力』なんてないから」

「隠《かく》さなくてもいい。眼帯がなくても『力』を制御《せいぎょ》できるようになったんだろ？」

相変わらず話が通じない。

げんなりしていたところ、ふと妙《みょう》な気配を感じて、私は周囲を見回した。

スポーツに熱中する生徒、応援に励《はげ》む生徒、おしゃべりに興じる生徒……いたって普通《ふつう》の球技大会の光景だ。

ざわざわと緑が風に激しく揺《ゆ》れている以外は、特に異変は見られないけど……。


「どうした、ピンク？」

「……なんか今日、しきりに視線を感じるんだよね」

ただの気のせいかもしれないけど……ずっと、誰《だれ》かに見られているような、そんな感じ。

「そーいや、学校に不審《ふしん》者が紛《まぎ》れ込んでるって噂《うわさ》が流れてるな」

高嶋君の言葉に、ぎょっとした。

不審者!? うそ、気持ち悪い……。

と、次の瞬間《しゅんかん》。野田君がはっとしたように目を瞠《みは》って、いきなりダッシュし始めた。

な、なにごと!?

「大和?」

高嶋君が後を追い、私も思わずついていく。

かなり離れた場所にあった生け垣《がき》をかき分けていた野田君は、私たちが追い付くと、

「逃《に》げられた」と顔をしかめてみせた。

「どうしたんだ?」

「ここで、怪《あや》しい光が点滅《てんめつ》してたんだ」

怪しい光……? って、もしかしてカメラのフラッシュとか?

本当に不審者が潜《もぐ》り込んでるの?

野田君が難しい顔で腕《うで》を組む。

「とうとう『組織』の連中にこの場所を気付かれたか……奴《やつ》ら、人ごみに紛れて、何を企《たくら》んでやがる」

また出たよ『組織』……ツッコみたいけどツッコんだら負けだ。

野田君は「仕方ない……あれをやるか」と呟《つぶや》くと、足を大きく開いて腰《こし》を落とし、両手で作ったピースを額の前で横にした。そして、叫ぶ。

「放て！　おれのサーチライト！」

響《ひび》き渡《わた》った声に周りの視線が集中するが、野田君はその謎《なぞ》のポーズのまましばし静止した。あくまで真顔である。

やがて、「くっ……」と力尽《ちからつ》きたようにガクリと膝《ひざ》をつくと、苦しげに呻《うめ》く。

「半径十キロ以内のあらゆる邪悪《じゃあく》な魂《たましい》を感知するおれの『サーチライト』を無効化するとは……かなりの曲者《くせもの》がいやがる」

——もう無理。この子、誰かなんとかしてー！

「今日は朝から嫌《いや》な風が吹《ふ》いてるしな……イエロー、ピンク、くれぐれも警戒《けいかい》は怠《おこた》るなよ」

「はいはい、がんばってね。じゃ、私はこれで」

これ以上は付き合ってられない、とそそくさとその場を離れて歩き出した時。

ひときわ激しい突風《とっぷう》が吹き抜《ぬ》け、傍《そば》に立っていたバスケットゴールが、ぐらりと傾《かたむ》いた。

え……？

呆気《あっけ》にとられる私の上に、大きな影《かげ》が迫《せま》ってきて——

「危ねえ！」

誰かに押し倒《たお》されて、腰をしたたかに打ち据《す》えた。直後、轟音《ごうおん》とともに砂煙《すなけむり》が舞《ま》い上がる。

「……！」

息をのむ私と野田君のすぐ真横に、大きなバスケットゴールが倒壊《とうかい》していた。

もし下敷《したじ》きになっていたら……。

「……大丈夫《だいじょうぶ》か？」

青ざめながらも先に立ち上がった野田君に手を差し伸《の》べられ、茫然《ぼうぜん》としたまま頷《うなず》く。

「……ありが、とう……」

手を取りながら顔を上げたその時、校庭の向こう側からこちらを見つめる、ジャージ姿の赤い髪《かみ》の男子の姿が視界に飛び込んできた。

その男子生徒は私と目が合うや、ニヤリと片頰《かたほお》の口角をつり上げ、芝居《しばい》がかった仕草で肩《かた》をすくめると、くるりと背を向けて去っていった。


……なに、あいつ……。


「大和！　聖！」

「ゴ、ゴールが倒れたー！」

「大丈夫か!?」

高嶋君をはじめ、近くにいた生徒や先生たちが集まってきて、すぐに周囲は騒然《そうぜん》となった。

どうやらゴールのベース部分に載《の》せる重りのタンクが劣化《れっか》していて、中に詰《つ》めていた砂が零《こぼ》れ、重りとしての機能が下がっていたらしい。

結果、強風に煽《あお》られて——ズドーン。

こわい。マジこわい。一歩間違《まちが》えたら取り返しのつかない大事故になるところだったよ。

今更《いまさら》ながらにゾッとする私の横で、野田君も強張《こわば》った表情で、両手を握《にぎ》りしめていた。

「……いよいよ、『奴ら』との戦争が始まったってわけか……」

……ぶれないなあ、この子。

☆★☆

「1-Cファイト！」

「野田ー、決めろーー！」

球技大会はクライマックスを迎《むか》えていた。

野田君の活躍《かつやく》で、我が1‐Cのバスケチームはまさかの決勝進出。

一年生にしてこの進撃《しんげき》はなかなかの快挙らしく、対戦相手の三年生だけでなく、いろんなクラスの生徒が試合の見物に来ていた。

「あの運動神経は半端ないよな。うちの陸上部に……」

「無理無理。どこの運動部が誘《さそ》っても、放課後は忙《いそが》しいってきっぱり断られるってさ」

先輩《せんぱい》らしき男子生徒たちの話し声が耳に入り、菜々子ちゃんもそんなこと言ってたな、と思い出す。

ほんと勿体《もったい》ないな、野田君。本気でスポーツやればそうとうな成績を残せそうなのに。

――とはいえ、相手の三年生チームには現役《げんえき》バスケ部員が三人も揃《そろ》っており、開始早々で立て続けに点を取られてしまった。

やっぱり厳しいか……という空気が漂《ただよ》った時。

「諦《あきら》めるなーー！」

野田君の大声が、コートに響き渡る。

「諦めたら、そこで終わりだ。思い出すんだ、あの厳しい練習の日々を！　ここまで支えてくれた人々の存在を……！」

……いや、厳しい練習って、せいぜい体育の授業で数回やったくらいでしょ。

「たとえ手足が折れても、這《は》いつくばって血にまみれても……おれたちが、あいつらをぶっ倒すんだ。人類の未来のために！　命を懸《か》けるのは、今この時だ！」

バスケの試合だよね、これ……？

「おれたちは……勝つ!!」

気合いとともに吠《ほ》えた野田君は、呆気にとられていた三年生から素早《すばや》い身のこなしでボールを奪《うば》った。

我に返って行く手をふさぐ選手たちを、軽快なステップと巧《たく》みなフェイクを織り交ぜた電光石火のドリブルで次々と突破《とっぱ》して、見事なレイアップシュートを決める。

わあっと沸《わ》き起こる大歓声《だいかんせい》。

勢いに乗った1‐Cは、そこから連続してゴールを奪い、とうとう敵にあと一点のところまで追いついた。

ほー、すごい。これは優勝も夢じゃない？

「１‐Ｃ！　１‐Ｃ！」

「野田！　野田！」

応援《おうえん》の熱気も最高潮に高まる中、野田君はダムダムとドリブルをして、機をうかがっている。

さすがに敵も警戒《けいかい》を強め、三人がかりでマークされているので、自ら攻《せ》め込むのは厳しそうだ。それどころか、パスさえも難しそう……。

「……そこだ！」

息をのんで見守る観衆の前で、周囲の様子を探《さぐ》っていた野田君が不意に一声叫《さけ》び、ボールを大きくぶん投げた。

やはりパスか――!?　と思いきや、バスケットボールはコート外の茂《しげ》みに突《つ》っ込み、同時に、「あでっ」という鈍《にぶ》い悲鳴が上がった。

その場にいる全員が呆気にとられる中、黒い影《かげ》が茂みの裏から飛び出し、逃走《とうそう》していく。

学校指定ジャージに身を包んでいるが、カメラを手にして、顔はマスクで隠《かく》された男性だ。

「逃《に》がすか、悪党！」

マスク男を追って、バスケットコートを飛び出す野田君……。

——もしかして、例の不審者《ふしん》!?


校庭の端を猛《もう》スピードで駆《か》けていく人影を、野田君は一心不乱に一直線に追走する。

「野田ー!?」

「こら、何をしてる……！」

先生たちの制止の声も完全に無視して、隣《となり》で試合中だったサッカーコートに乱入し、目を白黒させる選手の一人からボールを奪うと、野田君は思いっきりそれを蹴《け》り飛ばした。

うなりを上げたサッカーボールはマスク男のお尻《しり》に衝突《しょうとつ》。

マスク男は激しく吹《ふ》っ飛ばされて気絶する……なんて『名探偵《めいたんてい》コナン』みたいなことにはならず、一瞬《いっしゅん》驚《おどろ》いて足を止めたものの、大したダメージは受けずにまた走り出した。

ですよねー。

野田君もひるまず追跡《ついせき》を続行する。マスク男への最短距離《きょり》を猪突猛進《ちょとつもうしん》。

進行方向にいた先生の背中を馬飛びして、置かれていたカラーコーンをなぎ倒《たお》す。ライン引きを蹴り飛ばして、校庭に白い粉が舞《ま》い上がる……。

「聖、こっちだ」

唖然《あぜん》と眺《なが》めていた私は、高嶋君に肩《かた》を叩《たた》かれて、我に返った。

すぐに意図を理解し、走り出した高嶋君の後を追う。

関《かか》わり合いたくないと思っているのに、ついていくのには理由があった。

……まさかとは思うけど……。

☆★☆

マスク男は校門とは反対方向に逃げていた。ということは、校舎裏に回り込んで裏門へとでるつもりだろう……。

そう予想して、校舎を反対側から回り込んでしばらく行ったところで、案の定、向こうから走ってくる人影とかち合った。

ハッと息をのみ、足を止めるマスク男……いや、この人は――

「そこまでだ、この悪党！」

袋小路《ふくろこうじ》に追い詰《つ》められたマスク男の向こう側から、勢いよく人差し指を突き出した野田君が、朗々と声を響《ひび》かせた。

「一つ、人より力持ち。二つ、不屈《ふくつ》の闘争心《とうそう》。三つ、みんなの笑顔《えがお》のために……」

そこで野田君は足を開いて、両腕《りょううで》を大きく回した。

腰《こし》を落として握《にぎ》りしめた右手を腹部に添《そ》え、摑《つか》みかかるように開いた左手を前へ伸《の》ばして、ビシィッと決めポーズ。

「おれ、推参！」

特撮《とくさつ》ものなら背景でバーンと謎《なぞ》の爆発《ばくはつ》が起こりそうなテンションだ。

それにしても動きにキレがありすぎる……人知れず練習していたのかと思うと、なんというか、こみ上げてくるものがあった。

「宇宙《コスモ》の果てまでブッ飛ばす！」

これも決め台詞《ぜりふ》の一つなのだろうか。勇ましいファイティングポーズを決めてから、マスク男に飛びかかる——

「やめてー！」

響き渡《わた》った私の声に、野田君ははたと動きを止め、こちらに驚《おどろ》いたような眼差《まなざ》しを向けた。

「ピンク……？」

「どういうことだ、聖？」

怪訝《けげん》そうに眉《まゆ》をひそめる野田君と高嶋君の前で、私はゆっくりとマスク男に近づいて、信じられない思いで、呼びかけた。

「どういうつもり？——お父さん」

「……へ……？」

「お父さん……聖の……？」

呆《ほう》ける二人の前で、観念したようにマスクを外した男の正体は、見間違《みまちが》えようもない、私の実の父だった。

声を聞いた時からもしやと思って、近距離から見て確信したけど……現実を目《ま》の当たりにすると、眩暈《めまい》がしてきた。勘弁《かんべん》してよ……。

「すまない、瑞姫……」

ガクリとうなだれるお父さん。遠目では学校指定のものと思われたジャージは、よく似た別商品のようだ。わざわざ似てるジャージを用意したらしい。

「いくら女子高生が好きでも、娘《むすめ》の学校に潜《もぐ》り込むなんてチャレンジャーだな……」

「違う!!」

なぜか感心したように呟《つぶや》いた高嶋君に、お父さんが力いっぱい否定する。

「私の目的は瑞姫だけだ！　娘の晴れ姿をどうしても直《じか》に見てみたかった。そしてベストショットをカメラに収めたかったんだ……！」

「「……はあ」」

「恥《は》ずかしながら、うちの父はこういう人なの」

気の抜《ぬ》けた相槌《あいづち》を打つ二人に、私もくらくらする頭を押さえながら釈明《しゃくめい》した。

「重度の親馬鹿《おやばか》で……今日の球技大会は校内行事だから来ちゃ駄目《だめ》って何度も言ったのに」

「だって、また来月にはフランスだぞ!?　次はいつこんな機会があるか……！」

半泣きですがりついてくるお父さんだけど……ウザい。

「フランス？」

「仕事の関係で、先日まで二年間海外赴任《ふにん》してたの。で、またすぐ戻《もど》るみたい」

二人に説明していたら、「瑞姫が一緒《いっしょ》にきてくれるならこんな思いはしなくてすむのに……」とうらめしそうにお父さんが見つめてきた。責任転嫁《てんか》するな。

「私は日本が好きなの」

「愛《いと》しの瑞姫と離《はな》ればなれで、パパがどれだけ恋《こい》しい思いをしているか！　日々成長していく愛娘《まなむすめ》の姿をこの目で見たい、抱《だ》きしめたいという強い衝動《しょうどう》を抑《おさ》え込み、耐《た》え忍《しの》んできたパパにこれくらいのご褒美《ほうび》はあっても罰《ばち》は当たらないんじゃないか⁉」

「規則は規則だから。それに、キモイ」

冷淡《れいたん》に告げると、お父さんはグハッとダメージを受けたように胸を押さえて、校舎の壁《かべ》によりかかった。こういう芝居《しばい》がかった仕草も、癇《かん》に障《さわ》るんだけど。


「とにかく、娘の恥《はじ》も考えてよね」

「はうっ……」

「ほんと、信じられない」

「瑞姫……っ」

私の言葉にいちいち身を反らして涙目《なみだめ》になるお父さんにため息をついていたら、ふとお父さんが真面目《まじめ》な顔になって私を見つめてきた。

「だが……よかったよ。瑞姫は不器用なところがあるから、まだ友達がいないんじゃないかと心配したが……」

そう言って、野田君と高嶋君を見て、微笑《ほほえ》む。

「…………」

思わず返答に詰まっていたら、「はい！」と野田君が大きく頷《うなず》いた。

「ピンクは……聖は、おれたちの仲間です」

「そうそう、だから心配しなくていいですよ」

高嶋君も同調する。

「ありがとう。瑞姫を、頼《たの》んだよ」

がっしりと二人と握手《あくしゅ》をするお父さん。

……いや、お父さん、私がまだ友達を作れないのは、むしろその二人のせいなんだけど……説明するのも面倒《めんどう》だし、ここは黙《だま》っておこう……。

複雑な気持ちで目の前の光景を眺《なが》めていたところ、「野田!?」「どこいったー？」という先生たちの声と、たくさんの足音が近づいてくる気配がした。うそっ。

お父さんが潜り込んでるところなんて皆《みな》に見られたら、恥ずかしすぎて明日《あした》から学校来られない……！

サーッと青くなる私の前で、野田君が「親父《おやじ》さん」とお父さんに呼びかけた。

「ここはおれに任せて、あんたは先に行け！」

野田君、それ「死亡フラグ」――アニメとかでそれ言ったキャラは、たいていその後死んじゃう系の台詞《せりふ》だよ……。


「こら、野田！　お前のせいで決勝戦がめちゃくちゃだぞ！」

怒《いか》りの表情でやってきた体育教師が声を張り上げると、野田君は「すみません」と素直《すなお》に頭を下げた。

「でも組織の刺客《しかく》が潜り込んでいたんです。逃《に》がしちゃいましたけど……」

「組織!?　またお前はわけのわからんことを……マスクをしてる男子を追いかけていたと聞いたが、鬼《おに》ごっこでもしてたんだろう。少しは時と場所をわきまえろ！」

……「組織の刺客」じゃなくて「不審者《ふしん》がいたんです」だったらまだ先生も話を聞いてくれたかもしれないのに……。

よっぽど訂正《ていせい》しようと思ったけど、もし本格的に捜査《そうさ》を始めて防犯カメラにお父さんの姿が映っていたりしても困る。

結局、私は怒《おこ》られる野田君の横で何も言えずに立っているだけだった。

長いお説教の末、野田君に罰として一週間の放課後のトイレ掃除《そうじ》を言い渡《わた》して、体育教師は去っていった。

何事かと一緒に集まってきていた生徒たちも、またいつもの野田の妄想《もうそう》か〜と笑って散り散りになっていく。校舎裏には、私たち三人だけが残された。

「……ごめんね」

申し訳ない気持ちでいっぱいになりながら頭を下げると、野田君はけろりとした顔で「気にすんな」と首を振《ふ》った。

「身内がつかまったりしたら、お前も肩身《かたみ》がせまくなるしな……守ってやれて、よかった」

優《やさ》しい声でごく自然にそんなことを言われ、不覚にも少しきゅんとした。

いやいや、相手は野田君だよ。冷静になれ、私。

「大和は叱《しか》られ慣れてるしな」

高嶋君がにやっと笑って言う。

「智樹もトイレ掃除手伝えよ」

「げっ」

「私も手伝うから」

思わず声を割り込ませると、二人は目を瞬《またた》かせてから、「「当然」」と頬《ほお》をほころばせた。

「仲間だもんな」

嬉《うれ》しそうにグッと親指を立てる野田君。

「違《ちが》っ……」と否定しかけた言葉を、今日だけは飲み込むことにした。今日だけね。

☆★☆

バスケの決勝戦は、途中《とちゅう》でメンバーが足りなくなった1‐Cの負けということにされてしまった。クラスのみんな、本当に本当にごめんなさい……。

内心で平謝りをしていたけれど、幸いクラスメイトたちは「野田だから仕方ない」と呆《あき》れ半分笑い半分といった様子だった。

責められずに済んだのは、そもそも決勝まで行けたのは野田君の力によるところが大きいというのもあるだろうな。

でもやっぱり、うちの父のせいで、すみません……。

「ほんっとうに恥《は》ずかしいよね。方々に迷惑《めいわく》かけまくって……お父さん最低！」

放課後、トイレ掃除をしながらひたすら罵倒《ばとう》していたら、「ピンク」と野田君が諌《いさ》めるように声を上げた。

「親御《おやご》さんをあんまり悪く言うもんじゃないぜ。『孝行のしたい時分に親はなし』だ」

真っ直《す》ぐに瞳《ひとみ》をのぞき込むような視線とともに、思いもよらないまともなことを言われて、息をのんだ。

「う、うん……」

戸惑《とまど》いながらも頷くと、野田君はニッと笑って、「そろそろ終わりにするか～」と周囲を見回した。

なんだろう……今の妙《みょう》な説得力。

首をかしげる私を横に、野田君は腕時計《うでどけい》を見て、焦《あせ》ったように眉《まゆ》をひそめた。
「こんな時間か……じゃあ、おれはこれで。イエロー、ピンク、また明日な！」
それだけ言い残して手早く掃除道具を片付けると、バタバタと下校していく。

――「どこの運動部が誘《さそ》っても、放課後は忙《いそが》しいってきっぱり断られるってさ」

ふと、脳裏《のうり》にそんな言葉が蘇《よみがえ》った。
野田君が放課後忙しい理由ってなんだろう……？

――「『孝行のしたい時分に親はなし』だ」

……もしかして。ご両親はすでに事故で亡《な》くなっていて、野田君は自分で生活費を稼《かせ》ぐためにアルバイトしてるとか⁉

「……ねえ、野田君って、放課後、なんの用事があるの？」

のんびりと帰りの準備をしていた高嶋君に思い切って尋《たず》ねると、高嶋君は「あ～……」と少し言いにくそうに顔をしかめた。

「……見に行くか？」


高嶋君に連れて行かれたのは、学校から歩いて三十分ほどの場所にある広い川原だった。オレンジの夕日が、あたり一面を染め上げている。

「あそこ」

高嶋君が指さした先では、小柄《こがら》な少年が懸命《けんめい》にスクワットをしていた。

その後に腹筋、背筋、腕立《うでた》て伏《ふ》せ……一通りの筋トレを終えると、今度はパンチやキックなどのシャドーボクシングを始める。


「……野田君、なにしてるの……？」

「いつか来るであろう地球の危機に備えて、日々トレーニングをしてる」

「…………は？」

高嶋君は真顔だった。

「まさか、このためだけに、運動部の勧誘《かんゆう》を断ってるの……？」

「ああ。『おれには大切な使命がある』って……雨の日も風の日も欠かさず毎日、自分で作った訓練メニューをストイックにこなしてるんだ」

……なんとまあ……。


「野田君の家族って、元気？」

念のために尋ねると、高嶋君は「は？」と意表をつかれたように目を丸くした。

「おじさんもおばさんもピンピンしてるけど……なんで突然《とつぜん》？」

「ごめん、なんでもない」

いかんいかん、私もいつのまにかこの人たちの妄想癖《もうそうへき》に感染《かんせん》しちゃってたみたいだ。

野田君は真剣《しんけん》な表情で、見えない敵と模擬《もぎ》戦を繰《く》り広げている……。

「……体を鍛《きた》えるためなら、運動部でもよくない？　空手とかボクシングとか」

脱力《だつりょく》しながら呟《つぶや》いた私に、高嶋君は首を振《ふ》った。

「この訓練メニューのメインは……あれだ」

シャドーボクシングを終えたらしい野田君は、今度は川に向き合い、大きく深呼吸をすると、右足を引いて股《また》を大きく開き、腰《こし》を落とした。

両手首を合わせて手を開き、体の前から右腰《こし》付近に移動させていく。

そして、両手をゆっくりと後ろに引いていったと思いきや、「破ーっ！」という掛《か》け声とともに一気に前へ突《つ》き出した。

ま……まさかあれは……かの超人気漫画《ちょうにんきまんが》の伝説の必殺技《わざ》……


――かめはめ波!?


野田君は、はあっと荒《あら》い息を吐《は》き、額の汗《あせ》を拭《ぬぐ》いつつ、何度も何度も繰り返し、川へ向かって熱心にかめはめ波を撃《う》ち続けている。

どこまでも本気《ガチ》な彼の姿を遠くから眺《なが》めながら、私の口から零《こぼ》れたのは、万感《ばんかん》の思いがこもった一言だった。

「…………残念……！」

いつまで続くんだろう
波ーッ

第二章 カシオレ唐揚げレモンをかけたら

私が転校してきてから一か月が経《た》ち、季節は梅雨《つゆ》に入った。

「今日も雨か……」

休み時間、教室の窓枠《まどわく》によりかかりながら、野田君が力なく呟く。

「つまんねー」

アクティブな野田君には、ストレスのたまる季節のようだ。

「俺はこの六月は忙しいけどな。追っかけてる漫画やラノベが何冊も出るし、『アイライブ!』のアプリと『缶《かん》これ』で新しいイベント始まるし、録《と》り溜《た》めてるアニメも消化しなきゃだろ……そういや『アイライブ!』のコンビニ限定ストラップは明日《あした》発売か。特典付きは店舗《てんぽ》先着二十名とか、戦争だな……」

うきうきと語る高嶋君は、見た目はアイドルになれそうなくらいイケメンなのに、相変わらず重度のオタクであることがうかがえた。

「昨日の夜は驚《おどろ》いたぜ。ふと窓の外を見たら、弥生が傘《かさ》もささずに俺の部屋を見上げて立ち尽《つ》くしてたんだ。慌《あわ》てて家の中に招き入れると、弥生は弱々しく笑って言った。

『どうしても……智樹に会いたかったの』

ずぶ濡《ぬ》れの弥生の身体《からだ》は冷え切っていた。水に透《す》けて、肌《はだ》に張り付いた彼女のブラウスから目を逸《そ》らしながら、俺は言う。

『とりあえず、シャワーを浴びてこい』

やがて浴室から出てきた彼女は、ほんのり桜色に上気した素肌《すはだ》に、ぶかぶかの俺のシャツを一枚だけ羽織ってて……」

「——いい加減に自重しろ」


とうとう耐《た》えきれなくなって私は声を上げた。

ああもう、関《かか》わりたくないから無視しようと思ってたのに……！

「なんだよ、これからいいところだったのに」

口をとがらせる高嶋君に、「あのね」と向き合う。

「脳内彼女と妄想《もうそう》するのは自由だけど、それをいちいち口にしないで。痛々しい」

冷たく言い放つと、高嶋君が「なっ……」と言葉を失った。

「おいおい、ツンデレが可愛《かわい》いのは二次元だけだぞ？」

「誰《だれ》がツンデレだ。現実から逃避《とうひ》してるようなオタクには一ミリも興味ありません」

「言っておくが、俺は二次元に逃《に》げてるんじゃない。二次元の女子のが優《すぐ》れているから選んでいるんだ!!」

　ビシッと宣言されたけど……反応に困る。

「だってそうだろう？　まず造形的に二次元の方が美しい。老《ふ》けないし極端《きょくたん》な体形変動もない。そしてさまざまな特技や魅力《みりょく》を備えている。何より清らかな心を持っている。たくさんの困難に立ち向かって、彼女たちは日々真摯《しんし》に、懸命《けんめい》に生きている。陰《かげ》で男と付き合っていたり、醜《みにく》い心を隠《かく》していることはない。二次元は嘘《うそ》をつかない。裏切らない！」

　しゃべっているうちに熱がこもったのだろうか、高嶋君の声は次第《しだい》に大きくなり、教室中に響《ひび》き渡《わた》った。

「二次元女子こそ至高にして究極！　三次元《リアル》の女なんて二次元の劣化《れっか》版だ！」

　シーンと教室が静まり返り、クラスメイトたちの視線が高嶋君に集中するが、本人は言い切った！　とばかりに満足げだ。

私は一つ、小さなくしゃみをしてから、身震《みぶる》いした。

「……寒っ……」

途端《とたん》に、高嶋君がひくっと頬《ほお》をゆがめる。

「なんだよ、異論があるなら聞くぞ？」

「違《ちが》う違う」

高嶋君の言動が寒いのも事実だけど、わざわざ不毛な議論を交《か》わす気はなかった。

「今のは本当のくしゃみ。ちょっと今朝から風邪《かぜ》気味なの」

私がそう説明すると、高嶋君は少し目を瞠《みは》ってから、「そっか、気を付けろよ」と気遣《きづか》ってくれた。

かと思えば、すぐに遠い目をして語り出す。

「風邪か……俺がつかさと結ばれたのは、俺が風邪で寝込《ねこ》んで、あいつがお見舞《みま》いに来てくれた時だったたな……」

「…………」

「諦《あきら》めろ、ピンク。イエローはこういう奴《やつ》なんだ」

ポンと野田君に肩《かた》を叩《たた》かれる。うん……本当に、残念なイケメンだね……。

私たちの何とも言えない眼差《まなざ》しに気付いた高嶋君は、場を仕切りなおすようにコホンと一回咳《せき》をした。

「一つ断っておくが、リアルでも俺が本気出せば女子はイチコロなんだぞ。俺には女心が手に取るようにわかるからな！」

開いた親指と人差し指で顎《あご》を触《さわ》りながら、自信満々に宣言する高嶋君。

「ふーん……じゃあ私が今何考えてるかわかる？」

呆《あき》れながら尋《たず》ねたら、「おれ、わかる」と野田君が手を上げた。

「ほざけ色ボケ小僧《こぞう》」

「……正解！」

「おまえらなあ……」


下校時刻。

いつもは野田君がなんだかんだいいながら下駄箱《げたばこ》まで付きまとってくるのだけど、今日は好きなヒーロー番組の再放送があるとかで、先にバタバタと帰っていった。

高嶋君は野田君にくっついてくる形なので、野田君がいない時は基本ちょっかいを出してくることはない。

はあ……やっぱり平和が一番だ……。

一人心静かに帰りの支度《したく》をしていたところ、可愛らしい声に呼びかけられた。

「瑞姫ちゃん」

顔を上げると、ふわふわした長い髪《かみ》の女の子がほんわかと微笑《ほほえ》んでいる。菜々子ちゃん！

「なに？」

「あのね、明日、他《ほか》のクラスの子と遊ぶ予定があるんだけど、よかったら瑞姫ちゃんも一緒《いっしょ》にどうかなと思って」

明日は土曜日。まさかの休日のお誘《さそ》いですか⁉

「え……私も交ざっちゃっていいの？」

ドキドキしながら聞くと、菜々子ちゃんは笑顔《えがお》で頷《うなず》いた。

「人数多いほうが楽しいから、誰か呼びたい子いたら声かけてって言われたの」

「そうなんだ……嬉《うれ》しい。行きたい」

私が信じられない気持ちで答えると、菜々子ちゃんは「よかった」と声を弾《はず》ませた。

「それじゃ、明日《あした》の二時に池袋《いけぶくろ》駅の『いけふくろう』の前で待ち合わせね」

「うん……！」

☆★☆

そして翌日。

「……くしゃん！　くしゃん！」

私は立て続けに二回、くしゃみをしてから、慌ててティッシュで鼻を押さえた。

不覚……風邪が悪化したっぽい。

それでも、転校してきてから初めてのお誘いだ。

まともな友達を作るまたとないチャンス、休むわけにはいかん！　と、ややふらつく体に鞭打《むちう》ちながら池袋駅へとやってきていた。

まあ微熱《びねつ》程度だし、風邪薬もちゃんと飲んできたから、なんとかなるだろう。どこ行くか知らないけど……スポーツセンターとか体動かす系だったら詰《つ》んだな……。

誘われたことで舞《ま》い上がって、詳《くわ》しい話を聞くのを忘れていたのだ。

とりあえず、服装は動きやすいパンツスタイルにスニーカーをチョイスした。

予算の方も、お年玉を持ってきたからよほど贅沢《ぜいたく》をしない限り大丈夫《だいじょうぶ》、なはず。


『いけふくろう』は知らなかったんだけど、ネットで検索《けんさく》したら池袋駅の東口付近にあるふくろうの像のことだった。

どうでもいいけど、ただでさえ広大で迷いやすいこの池袋駅で、東口の方には西武百貨店があって西口の方には東武百貨店があるというのは、ひどいトラップだと思う。

あらかじめネットで道筋は確認《かくにん》してたけど、やっぱり少し迷ってしまって、待ち合わせ場所に到着《とうちゃく》したのは約束の時間ぴったりだった。


「瑞姫ちゃーん」

ふくろう像の付近はたくさんの人でごった返していたけれど、菜々子ちゃんが手を振《ふ》ってくれてすぐに見つけることができた。

「おはよう。ごめんね、待たせちゃって」

「大丈夫大丈夫《だいじょうぶ》」

朗《ほが》らかに笑う菜々子ちゃんは、ナチュラルガーリーなワンピース姿。今日も可愛《かわい》い。

「みんな、瑞姫ちゃんだよー」

菜々子ちゃんが振り返った先には、初めて会う女子が四人いた。

「聖瑞姫です。よろしく」

ちょっと緊張《きんちょう》しつつ会釈《えしゃく》をしたら、みんな明るく「おはよー」「よろしく」と笑顔を返してくれた。感動。クラス違うから、変なイメージを持たずに接してくれているようだ。

「初めまして。私は玲奈《れな》〜って、自己紹介《しょうかい》はみんな揃《そろ》ってから改めてしようか」

おおっと、まだ増えるの？

「あとは現地集合ってことになってるから、出発しよー」

明るい色の髪をツインテールにした玲奈ちゃんが先導するように歩き出し、みんなでおしゃべりしながら移動を始める。

「今日はどこに行くの？」

「あ、言ってなかったっけ、ごめんね。カラオケだって」

「そうなんだ」

菜々子ちゃんに相槌《あいづち》を打ちながら、内心ではガーンとショックを受けてた。

カラオケ……だ、と……!?

自慢《じまん》じゃないけど、私はなかなかに音痴《おんち》だった。いつだったか、気分よく鼻歌を歌っていたら、怪訝《けげん》そうに眉《まゆ》をひそめた母に「読経《どきょう》?」と突《つ》っ込まれたことは忘れられない。

人前で披露《ひろう》するのは極力避《さ》けたかった。

……まあ、人数多いなら、聞き役に徹《てっ》しとけばいいかな……。

☆★☆

「みんな、グラスはもった? それじゃ、かんぱーい」

元気な男子の声を合図に、「かんぱーい」という唱和とガラスのぶつかり合う音が響《ひび》く。

カラオケボックスの広いパーティールームには、計十三名の皆神高校の男女が集まっていた。

「男の子もいたんだね……」

菜々子ちゃんも知らなかったらしく、目をぱちくりさせている。

……やばい、帰りたい……。

表面上は微笑《びしょう》を保っているが、内心のテンションはどん底だった。

ただでさえ初対面の大人数とか苦手なのに、男子もいて、カラオケで……しかも、私が座った場所はちょうどクーラーの吹《ふ》き出し口の前になっており、冷風が直撃《ちょくげき》してやたら寒い。

なんの罰《ばつ》ゲームだこれは……。


視線を巡《めぐ》らせたら、少し離《はな》れた斜《なな》め前の席に、やや居心地《いごこち》悪そうな高嶋君の姿があった。

合流した男子グループの中に彼の姿を見つけた時はびっくりしたけど、どうやらあっちも友達に引っ張ってこられたというところかな。

おもしろいのは、高嶋君へ注がれる女子の視線がいつもより明らかに好意的なことだ。

まだみんな、彼の本性《ほんしょう》を知らないんだね……ルックスだけなら文句なしだもんな。

「聖サン、高嶋と仲良いんだっけ？」

左隣《ひだりどなり》から、どこかすかしたような声で呼びかけられて、私はギクリとかすかに体を緊張させた。

「別に、そんなことないよ」

振り返った先に座っているのは、目にも鮮《あざ》やかな赤い髪《かみ》をした男子。

彼は——そう、あの球技大会でバスケのゴールが倒《たお》れた時、遠くからこちらを見ていた生徒だった。

あの時はジャージ姿だったけど、私服の今はモノクロのヒョウ柄《がら》パーカー（謎《なぞ》のしっぽ付き）に、ネオンカラーの紫《むらさき》のパンツ、ごついピンクのスニーカー……というなんとも個性的なファッションだ。

その奇天烈《きてれつ》な外見だけでなく、なんとなく感じが悪いから、極力目を合わせないようにしてたんだけど……。

「どうして私の名前を知ってるの？」

思わず尋《たず》ねると、赤髪の男子は「さあ、どうしてかな」と肩《かた》をすくめた。

「オレは九十九零《つくもれい》。以後、お見知りおきを」

人を食ったような笑《え》みとともに告げられる。

正直、お近づきになりたくないタイプだな……。

私は「よろしく」と軽く会釈だけすると、また右隣の菜々子ちゃんに向き直った。

菜々子ちゃんは目が合うと、にこっと自然に頰《ほお》をほころばせた。ああ、癒《いや》される〜。

「瑞姫ちゃんはどんな音楽聴《き》くの？　私は最近ボカロにハマっててね」

「あ、いいよね。私も好き。れるりりさんとか……」

私の返事に、菜々子ちゃんが「わ、瑞姫ちゃんもボカロ聴くんだ」と顔を輝《かがや》かせる。

「れるりりさんだとどの曲が好き？」

「ガールシリーズとか、『聖槍爆裂《せいそうばくれつ》ボーイ』とか……あと、『Mr.Music』も大好き」

「すごい、好みピッタリ！　じゃあ私、『脳漿炸裂《のうしょうさくれつ》ガール』歌っちゃおうかな」

「えっ、菜々子ちゃん、あの曲歌えるんだ。すごい！　難しくない？」

「難しいけど、練習した！　で、一度も嚙《か》まずに歌いきれると、達成感があるんだよ〜」

おお……おっとりした菜々子ちゃんが高速ソングを熱唱とか、素敵《すてき》なギャップ。

「聴いてみたい。歌って歌って」

リモコンを渡《わた》すと、菜々子ちゃんは慣れた手つきで曲を入力した。

「はい、瑞姫ちゃんもどうぞ」

「あ、私は……」

笑顔でリモコンを差し出され、どうしよう……と目線を彷徨《さまよ》わせたその時。


「あれー、高嶋、おまえ、全然グラス減ってないじゃん」

オーダーした唐揚《からあ》げにレモンをかけていた高嶋君に、主催者《しゅさいしゃ》っぽい男子が声をかけた。

「ああ、最近ちょっと肝臓《かんぞう》の具合が……って酒じゃねーし」

高嶋君が調子よく応《こた》えると、わっと笑いが起こった。

主催者男子が、歌うように言葉を継《つ》ぐ。

「高嶋の～ちょっといいとこ見てみたい♪　はい！」

「「飲んで飲んで飲んで～飲んで♪」」

男女の声に合わせて立ち上がった高嶋君は、ゴクゴクゴクと生ビールならぬ生搾《しぼ》りオレンジジュースを一気飲みした。

わーっと巻き起こる拍手喝采《はくしゅかっさい》……みんなノリがいいなあ。


「——とんだ茶番だな」


フッと呟《つぶや》く声が聞こえて、左隣をみると、九十九君が嘲笑《ちょうしょう》を浮《う》かべながら頬杖《ほおづえ》をついていた。

しまった、つい振《ふ》り向いちゃった。しかも目が合っちゃった。

「……九十九君、何か曲入れる?」

何も聞こえなかったふりをしてリモコンを差し出すと、九十九君はゆるゆると首を振った。

「オレは洋楽しか聴かないんだ」

ふーん、そうなんだ。九十九君も、友達付き合いでここにきたクチなのかな。

とりあえず、リモコンはさりげなく次の人へと回しておく。

「うれしいな～私、ずっと高嶋君と話してみたかったんだ」

どこか甘えたようなテンション高めの声に視線を向けると、高嶋君の隣《となり》に座った編み込みヘアの女子が、高嶋君に話しかけていた。

すると突然《とつぜん》、高嶋君はピシッと背筋を伸《の》ばし、落ち着かない様子でキョロキョロと瞳《ひとみ》を彷徨わせ始める。

「私、木下《きのした》ありさ。よろしくね」

「おおおおお、おうっ……」

!? オットセイみたいになってるよ。急にどうした、高嶋君!?

向かいのポニーテールの女子も、親しげに笑いかける。

「高嶋君はどんな歌が好きなの？　高嶋君の歌声、聞いてみたい」

「おおお俺はまっまだ、あ、後で、だいじょうびっ」

めっちゃ噛んでるし！

「最近雨ばっかだけど、今日は天気が良くてよかったね」

「そーだね」

「まあ、カラオケだから天気関係ないけど」

「そーだね」

「高嶋君っておしゃれだよね。服とかどこで買ってるの？」

「そーだね」

会話下手か！

とても、さっき男子と軽妙《けいみょう》なやりとりをしていた人と同一人物とは思えない。

怪訝《けげん》そうな顔になる女子たちに、「ごめっ、トイレ……っ」とおなかを押さえて、部屋を出ていく高嶋君。

キョドりすぎだろう。なに？　もしかして高嶋君、実は生身の女子は超《ちょう》苦手とか？

「――よお、聖。お前が来てるなんて驚《おどろ》いたぞ」

しばらくして戻《もど》ってきた高嶋君は、そんなことを言いながらさりげなく私と九十九君の間に割り込んできた。

もしや避難《ひなん》してきた？　こっちは九十九君と離《はな》れられるし、奥に詰《つ》めたおかげでクーラーの真ん前からずれられて助かったけど。

案の定、高嶋君も「うわ、この席寒っ」と身をすくめている。

局所的ツンドラ地帯へようこそ。

「こっちも驚いたよ。コンビニの限定ストラップ買いに行ったんじゃなかったの？」

「無論、ゲット済みだ。ついでにブラブラしてたら鈴木《すずき》たちに捕《つか》まって、連れ込まれた……

……ま、俺がいれば女子の参加率も上がるだろうしな」

「飛び入り参加だったら関係ないでしょ」

いつもながらおバカなことを言う高嶋君に淡々《たんたん》と返していたけど、ふと悪戯《いたずら》心が湧《わ》き起こる。

「……女心がわかるんじゃなかったの？」

ちろりと視線を向けながらそうからかうと、高嶋君はかすかに頬をこわばらせてから、

「も、もちろん」と胸を張った。まだ虚勢《きよせい》を張るつもりらしい。

「へえ、どのへんが？　そんな風には見えなかったけど」

「──例えばあの明るい髪《かみ》のツインテールの女子」

高嶋君が視線を向けたのは、友達のカラオケに合わせて手を叩《たた》いている、玲奈ちゃんだ。

「彼女はいつも強気で意地っ張りな末っ子とみた」

高嶋君がキラーンと鋭《するど》い瞳で推理した直後。

「大外れ」

ブハッと九十九君が吹《ふ》き出した。

「彼女は誰《だれ》にでもフレンドリーな世話焼きタイプだよ。確か長女だったはず」

「あれー？」

首をかしげる高嶋君。

……てかツインテールはツンデレ妹系って、二次元ではお約束かもしれないけど……。

「じゃあ……あの右目に泣きぼくろがあるポニーテールの子。彼女の好物はチョコレートだ」

「へえ、どうして？」

愉快《ゆかい》そうに尋《たず》ねる九十九君に、高嶋君は自信満々で答えた。

「チョコが大好物の『アイライブ！』の小雪《こゆき》ちゃんにソックリだから！」

…………駄目《だめ》だこりゃ。


私は脱力《だつりょく》したけれど、九十九君は「なるほどね……」と感心したように頷《うなず》いてみせる。

「さすがイケメン……ならば次は是非《ぜひ》、実践《じっせん》でそのお手並みを拝見させてくれ」

九十九君がポンと肩《かた》を叩くと、高嶋君はぎょっとしたように目を見開いた。

「おや？　どうしたんだ、高嶋？」

挑発《ちょうはつ》するように首をかしげる九十九君。

「……仕方ない。俺の鮮《あざ》やかなテクを見せてやる」

高嶋君はにやりと不敵な笑《え》みを浮かべると、立ち上がって入り口付近の電話を手に取り、受付に何か告げてからまた私たちの間に座った。

「何したの？」

「まあ、焦《あせ》るな」

余裕《よゆう》たっぷりに答える高嶋君。

やがて、店員さんがジュースを持ってきて、高嶋君が「こっちです」と手を上げる。

高嶋君は机に置かれたメロンソーダに手を添《そ》えると、先ほどの編み込みヘアの女子に向かって声を上げた。

「ありさ！」

いきなり名前を呼び捨て!?

驚いたように振《ふ》り返ったありさちゃんに向かって、

「俺の気持ちだ——受け取れ」

気障《きざ》な口調で言い放ち、グラスをスーッと机の上に滑《すべ》らせる——。

おお、オシャレなバーみたい！　と思ったのも束《つか》の間、グラスは途中《とちゅう》に置かれていたスマホにぶつかって転倒《てんとう》した。中のジュースが、机の上に置かれていた私物や傍《そば》にいた子の服にぶちまけられ、いくつもの悲鳴が上がる。

「うそ、俺のスマホ！」

「バッグが！」

「服ビチョビチョ……！」

「なにやってんだよ、高嶋!!」

「わ、悪い……」

みんなから非難の目が集中し、小さくなる高嶋君。やっぱりアホだ。

「――まだまだ！」

キッと顔を上げた高嶋君は、席を立って入り口に向かってきていたありさちゃんに大股《おおまた》で近付いていく。

かと思えばいきなりその腕《うで》を取り、壁《かべ》に彼女の身体《からだ》を押し付けて、空いているもう片方の手をありさちゃんの顔の横にドン！　と叩きつけた。

なんだこの脈絡《みゃくらく》のない壁ドン――⁉

「気に入ったぜ、ありさ……今夜、俺色カラーに染まってみないか？」

「…………」

ありさちゃんは完全に固まっている。

「答えるまで、離さない」

強気な笑みとともに囁《ささや》いた高嶋君だけど——ありさちゃんの瞳《ひとみ》に涙《なみだ》が湧き起こってくるのを見て、サーッと青ざめていった。

「え？　ええええ？……違《ちが》、ごめっ、そんなつもりじゃ……」

慌《あわ》てて身を離《はな》し、あたふたとし始める高嶋君の前で、ありさちゃんはハンカチで顔を押さえ、本気で泣きモードに入ってしまった。

「高嶋、あんた最低！」

「何ありさ泣かせてるの？」

「マジキモイし！」

ありさちゃんを庇《かば》うように集まってきた女子たちから口々に罵倒《ばとう》され、「ごごごごごめっ、ごめん、本当にごめんなさいっ」とひたすら謝り倒《たお》す高嶋君……い、痛すぎる……。

完全に女子たちを敵に回した高嶋君は、やがて肩を落として戻《もど》ってきた……ってこっち来ないで！　頼《たの》むから！

「くそっ、女子は壁ドンや俺様キャラに弱いんじゃなかったのか……！」

悔《く》しげに歯《は》噛《が》みする高嶋君。いや、それは少女マンガやドラマだけだからね～。ほぼ初対面であんなことされたら、恐喝《きょうかつ》や嫌《いや》がらせとしか思えないだろう。それにしても、出だしはわりと高めだった女子の好感度がほんの三十分足らずでどん底まで転げ落ちるなんて、ある意味すごい。

「プククク ッ……超《ちょう》ウケるんだけど……！」

空気を読まずに一人爆笑《ばくしょう》してる九十九君も、さりげに周囲から引かれていた。

なんでこう変な人ばっかり傍に集まってるんだろう……。

☆★☆

高嶋君はしょんぼりとスマホをいじり始めていたけれど、アイドルソングっぽいキラキラしたイントロが流れ出すやバッと勢いよく顔を上げた。

「はいはいはーい、これ俺！」

声を弾《はず》ませて前へ出ると、マイクを握《にぎ》ってノリノリで歌い始める。立ち直り早いな！

どうやら『アイライブ！』の曲っぽいけど、完璧《かんぺき》な振り付けで歌い踊《おど》るその様は男子受け抜群《ばつぐん》で、爆笑を呼んだ。

てか高嶋君、やたら歌上手《うま》い。にもかかわらず、ラブリーなアイドルソングをクネクネと身体を動かしながら熱唱する姿は、その無駄《むだ》な美貌《びぼう》も相まってシュールで、確かに笑いのツボをくすぐられた。

最初は冷たかった女子たちの視線も、場の雰囲気《ふんいき》に溶《と》かされるように徐々《じょじょ》に和《なご》み、曲が終わるころには苦笑を向けられるほどにまで変化していた。

「すごいすごい、好感度がゴキ●リからコバエ程度まで回復したよ」

「それでもコバエ程度なのか……」

私の称賛《しょうさん》に高嶋君はガクリと首を垂らしたけれど、「まあいいさ」とすぐに口角を上げる。

「全員好感度どん底、か～ら～の逆転劇！　ってのも、ハーレムラブコメの王道だからな」

この突《つ》き抜《ぬ》けたポジティブ思考はなんなんだろう……。

☆★☆

その後は和気あいあいとした空気でみんな、カラオケにおしゃべりに盛り上がっていた。

私は菜々子ちゃんとおしゃべりしたり、バカなことを言う高嶋君に思わずツッコミを入れたりしながら、いつのまにかそれなりに楽しい時間を過ごしていた。

――あの曲がかかるまでは。


カラオケの画面に映ったのは、『Mr.Music』というタイトル。

お、と思った直後、玲奈ちゃんが「瑞姫ちゃん歌って」と笑顔《えがお》でマイクを渡《わた》してきた。

えええええええ!?

「遠慮《えんりょ》してて全然歌ってないでしょ？　この曲好きって言ってたし」

どうやら私と菜々子ちゃんが話していたのが聞こえていたらしい。

世話好きの玲奈ちゃんは百パーセント好意から曲を入れてくれたみたいだけど、そんな、困るよー！

「いや、私は……」

「みんな注目～。瑞姫ちゃんが歌います！」

玲奈ちゃんの声に、「お～」と拍手《はくしゅ》が起こる。

ひー、歌わざるを得ない雰囲気になっちゃってる……！

そうだ、菜々子ちゃんと一緒《いっしょ》に歌ってもらえば……と思ったけど、菜々子ちゃんはちょうど席をはずしていた。

そうこうしているうちに、前奏が終わり、Aメロがどんどん進んでいく。だんだんみんなが、あれ……？　みたいな表情になってくる。やばい、どうしよう、歌わないと白けちゃうよね。でも……！

想定外の事態に固まってしまった私の手から、不意にマイクが奪《うば》い取られ、直後、澄《す》んだ歌声が響《ひび》き渡った。――高嶋君!?

「ちょっと、この曲は瑞姫ちゃんに……」

「いいだろ、俺もこの曲好きだから、歌いたい」

玲奈ちゃんの目は見ないままそう言い切って、高嶋君は体を揺《ゆ》すって歌いだす。

玲奈ちゃんが、いいの？　みたいに見つめてきたけど、私がコクコクと頷《うなず》くと、きょとんとしてたみんなも「ま、いっか～」みたいな空気になった。

高嶋君は幸福感いっぱいのメロディアスなこの楽曲をとても楽しそうに歌っていたので、いつのまにかみんな笑顔でノリノリになっていた。

そして、曲が終わる頃《ころ》には、最初に漂《ただよ》っていた微妙《びみょう》な雰囲気は完全にどこかへ消えていたのだった。

☆★☆

「……ありがとう」

席に戻ってきた高嶋君にお礼を言うと、高嶋君はにやっと笑った。

「貸し一つな」

うう。不本意だけど、助かった……。

「カラオケ苦手なのか？」

「うん、音楽は好きだけど、人前で歌うのは嫌《いや》なの」

「ふーん」

相槌《あいづち》を打ちながら高嶋君はグラスに手を伸《の》ばし、口元に傾《かたむ》けたけれど、それはすでに空になっていた。

「あ、これいいよ。まだ口つけてないから」

歌ってのども渇《かわ》いただろう……と、ついさっき店員さんに持ってきてもらったばかりのオレンジジュースを献上《けんじょう》する。

「ほう、頂こう」

高嶋君は仰々《ぎょうぎょう》しく頷くと、グラスを呷《あお》った。

……ん？　このオレンジジュース、なんか色がおかしくない？

傾いたグラスの中で、底の方にたまっていた赤色が、みるみるオレンジ色と混ざっていく。

「高嶋君、ちょっと待って……っ」

異常に気付いて声を上げた時には、すでに高嶋君はジュースを一気に飲み干していた。

「……そのジュース、変な味しなかった？」

不安を押し殺しながら尋《たず》ねると、高嶋君はのろのろとこちらに視線を向ける。

「…………へ？」

間の抜けた声で答えた高嶋君の顔は、真っ赤に染まっていた。


ぎょっとして、空になったグラスに鼻を寄せると、オレンジジュースの匂《にお》いに混ざって、くらくらするような甘い香《かお》りがした。

この匂いは知ってる——お母さんが好きでよく家で飲んでる、カシスリキュールの匂い。

高嶋君が飲んだのはきっと、カシスオレンジだったんだ！


どうしてカシオレがこんなところにあるんだろう？　店員さんが他《ほか》の部屋のオーダーと間《ま》違《ちが》えて持ってきちゃったのか、この部屋の誰《だれ》かがこっそり頼《たの》んだものが手違いで私の前に置かれちゃってたのか……いや、原因究明より今は。

「高嶋君、大丈夫《だいじょうぶ》？　ごめん、それ、ジュースじゃなくてお酒だったんだよ。とりあえず水かお茶を……」

焦《あせ》る私をとろんとした瞳《ひとみ》で見つめていた高嶋君だけど、誰かがラブソングの名曲を歌いだすや、カッと目を見開いて、立ち上がった。

な、何⁉

高嶋君はつかつかつかと早足で前へ出ると、気持ちよく歌っていた男子からマイクを強《ごう》引《いん》に奪う。そして、すうっと息を吸い込むと、声を張り上げた。

「俺には、心に決めた人がいる――」

ビリビリと空気が震《ふる》えるほどのマイクを通しての大音量に、みんな耳を塞《ふさ》いで、何事かと高嶋君に注目した。

「それは、『アイライブ！』の空良ちゃんだ!!」

……いきなりこんなところで何を宣言してるんだよ、高嶋君！

「艶《つや》やかな栗色《くりいろ》の髪《かみ》、清楚《せいそ》な佇《たたず》まい、優《やさ》しい微笑《ほほえ》み、愛らしい顔かたち。一目見た時から俺のハートは空良ちゃんに奪われ、彼女に吸い込まれるような心地《ここち》がした。そして、彼女の心根の清らかさ、思いやりに溢《あふ》れた温かさ、夢に向かってがんばるひたむきさ、さまざまな美点に恵《めぐ》まれながらも驕《おご》ることのない慎《つつ》ましさ、真の意味での賢《かしこ》さ、不遇《ふぐう》な目に遭《あ》ってもめげない健気《けなげ》さ、感受性の豊かさ……彼女のことを知れば知るほど、惹《ひ》かれていった。ちょっと引っ込み思案なところも、ドジっこなところも、すべてが愛《いと》しい。すべてがプレシャス。二次元に魅力《みりょく》的な女子は数多《あまた》いるが、空良ちゃんほど俺の魂《たましい》を震わせる存在は他にいない。なぜあれほど素晴《すば》らしい存在が誕生したのか？　そして、出会うことができたのか？　もはや奇跡《きせき》としか言いようがない……！」

とめどなく語られる空良ちゃん賛歌……みんな、高嶋君の熱量に圧倒《あっとう》されているようで、一言も発せずに聞き入っている。

「どんなに辛《つら》い日でも、空良ちゃんの笑顔《えがお》があれば立ち直れる。どんなに言葉をつくしても、空良ちゃんへの愛を表現するにはまだ足りない。空良ちゃんがいるから、俺は生きていけるんだ。――この歌が、あまりにも俺と空良ちゃんとの関係を的確に表しているから、つい、我慢《がまん》できなくなってしまった。それだけだ。ありがとう。そろそろ空良ちゃんも寂《さみ》しがってる頃だ……俺は帰るよ、愛しい彼女の待つ家へ――」

ゆでダコのように赤面しながら一方的に語り倒《たお》した高嶋君は、そこまで言うとマイクを置き、ぐるりと部屋を見回した。

「俺がいなくなったからって、泣くんじゃねーぞ」

フッと笑ってそう告げるや、ウィンクとともに人差し指の銃《じゅう》で「バーン！」と虚空《こくう》を撃《う》ち抜《ぬ》く。

そして、ポカーンとしている一同を残して、さっさと部屋を出て行ってしまった。

……えーと、つまり歌を聞いて空良ちゃんを思い出し、空良ちゃん愛が高まるあまり、公衆の面前で愛を叫《さけ》んだということかな。お酒を飲むと感情のふり幅《はば》が大きくなるっていうし……——って、あんな酔《よ》っぱらいを一人で帰すのは危険じゃない⁉

ハッと我に返った私は、高嶋君の分も立て替《か》えた二人分の料金を菜々子ちゃんに渡《わた》すと、慌《あわ》てて彼の後を追った。

☆★☆

「輝《かがや》く季節～あなたとのプレシャスメモリー～♪」

カラオケボックスを出て少し行ったところで、大声で歌いながらふらふら進む高嶋君に追いついた。

「高嶋君、もうここ外だから！　みんな見てるよ」

通行人の視線に頰《ほお》が熱くなるのを感じながら、こそっと注意すると、高嶋君は「ほへ？」とぼんやりした瞳を私に向けた。かと思えば、みるみる不機嫌《ふきげん》そうな顔になる。

「『みんな』って誰だよ？　そんな言葉は欺瞞《ぎまん》だ！　自分の言葉で話せ！」

いきなり説教をされた。話が飛躍《ひやく》しすぎて訳が分からない。完全に酔っぱらいの言動だ。

「高嶋君、こっちこっち。こっちでちょっと休もう」

とりあえず、電車に乗る前にどこかで酔いを醒《さ》ました方がいいな……と考え、近場の公園へと誘導《ゆうどう》する。

高嶋君は千鳥足でついてきたけれど、にゃーん、と鳴く道端《みちばた》の猫《ねこ》を見た瞬間《しゅんかん》、ハッとしたように息をのんだ。

「あの猫……！」

「うん？」

「『アイライブ！』の第八話で空良ちゃんが拾った猫に激似だ……！」

うわ～、どうでもいい。

「あの話は神回だった……号泣回避不可《ごうきゅうかいひ》」

記憶《きおく》が蘇《よみがえ》ったのか、だーっと涙《なみだ》を流す高嶋君。それから、そのエピソードでいかに空良ちゃんが心優しい天使だったかということから、猫との交流と切ない別れまでの演出の巧《たく》みさ、製作スタッフへの称賛《しょうさん》と彼らについての蘊蓄《うんちく》まで延々と語り始める。

ほんと面倒《めんどう》くさいな、この人……。お酒のせいで、ウザさがパワーアップしている。

でも、飲ませちゃったのは私だしな……。

「この時の伏線《ふくせん》が後に第十二話で——」

「そういえば、高嶋君って生身の女子苦手でしょ？」

ふと一つの疑問が浮《う》かび、私はやや強引に話に割り込んだ。放《ほう》っておいたら、永遠に講《こう》釈《しゃく》が続きそうだったし。

「でも、私とは普《ふ》通《つう》に話せるじゃない。なんで？」

「……なんでだろうな……？」

酔っぱらっているからだろうか、女子苦手ということも素直《すなお》に認めて、高嶋君は眉《まゆ》をひそめて考え始めた。

「……聖は女子っぽくないからじゃないか？　なんていうか、淡々《たんたん》として、若さがないし」

失礼な！　不愛想《ぶあいそう》で悪かったな！

「それに、大和が『仲間』『仲間』繰《く》り返してるからかな～」

「……いや、仲間じゃないからね」

否定しながらも、そうか……と納得《なっとく》した。

そんな風に思ってたから、無理やり歌わされそうになった時、助けてくれたのか。

つくづく残念な人だけど、友達思いのところもあるんだな……。


少し感心しながら、横を歩く高嶋君の顔を見上げていたところ――

「そういや、風邪《かぜ》、大丈夫《だいじょうぶ》なのか？」

いきなりそんなことを尋《たず》ねられて、驚《おどろ》いた。

「え？」

「なんかずっと怠《だる》そうだし。なのにあんな寒い場所座って……風邪ひいてる奴《やつ》が、遊び歩くなよ」

呆《あき》れたように指摘《してき》されて、戸惑《とまど》う。

まさか、今日も体調悪いことに気付かれてるとは。

「薬飲んだから、大丈夫」

いつもみたいにそっけなく答えながら……もしかして、と思い当たった。

高嶋君が席を立つたびにいちいち私の隣《となり》に戻《もど》ってきてたのも、直接私にクーラーが当たらないように気遣《きづか》って、風よけになってくれてた、とか？

……いやいや、まさか、それは好意的に解釈《かいしやく》しすぎだよ、私。乙女《おとめ》か！　柄《がら》じゃないって。

「――聖」

思い上がりを打ち消しつつも、なんだか気恥《きは》ずかしいような妙《みよう》な心地《ここち》で歩いていたら、不意に高嶋君が足を止め、こちらを振《ふ》り向いた。

端整《たんせい》な面差《おもざ》しに浮かぶのはいつになくシリアスな表情で、ドキドキと胸が勝手に騒《さわ》ぎだす。

「え……？」

「俺……っ」

高嶋君はじっと私の瞳《ひとみ》を見つめながら、何か言いかけて、声を詰《つ》まらせた。

ただならぬ気配に、なおさら鼓動《こどう》が大きく鳴り響《ひび》く。ちょっと、なにこれ、なんなのこれ!?

「……どうしたの？」

必死に内心の動揺《どうよう》を隠《かく》しながら問うと、高嶋君は「やばい」と愁《うれ》いを帯びた瞳で囁《ささや》いた。

「気持ち悪い。……吐《は》く」

口元を押さえながらそんなことを言われ、サーッと血の気が引いた。

「ちょ、ちょっと、こんなところで吐かないでよ!? あと少し行ったら公園のトイレが……」

「無理。出る」

「あああぁ、じゃあここ！ ここにして！」

慌《あわ》てて道の端《はし》の排水溝《はいすいこう》へ引っ張っていくと、高嶋君は「オエ～」と聞き苦しい声とともに嘔吐物《おうと》を溝《みぞ》にぶちまけた。ぎゃー、私の服にもちょっと跳《は》ねたよ！

嫌《いや》な臭《にお》いが鼻をついて、私まで気分が悪くなってくる。

もう、勘弁《かんべん》してよ……。

途方《とほう》もない疲労感《ひろうかん》に襲《おそ》われながら、近くに自販機《じはんき》を見つけたので、コインを投入した。

口元を袖《そで》でぬぐう高嶋君に、お茶のペットボトルを差し出す。

「大丈夫？……はい、これで口すすいで」

「悪い……」

高嶋君はお茶でうがいをしてから、はあっと大きくため息をついて、傍《かたわ》らの花壇《かだん》の縁《ふち》に腰《こし》かけた。

「なんか聖、今日はやけに優《やさ》しいな……」

ポツリとそんなことを呟《つぶや》く。

「まあ——」

私のせいでもあるからね、と続けようとした矢先、

「さては俺に惚《ほ》れたか？」


……は？？？


呆れ果てる私のことは完全に置いてきぼりで、高嶋君は片手で髪《かみ》をかき上げ、フッと気《き》障《ざ》な笑《え》みを浮かべた。

「しょーがねえな。生憎《あいにく》、タイプじゃないけど……来いよ、クレバーに抱《だ》いてやる」

…………捨てて行こうか、こいつ。

第二章　孤独と屁理屈の闇に紛れて

「ご馳走様《ちそうさま》」とお弁当箱を片付けて席を立つと、近くで先に昼食を終えてだべっていた野田君と高嶋君が、こちらに視線を向けた。

「どこに行くんだ？　ピンク」

「園芸部の活動で、花壇の水やり」

「園芸部？　いつのまに入部したんだよ」

「つい最近ね」

二人の質問に、ごく短く答える。


カレンダーは七月に変わっていた。

いくら拒絶《きょぜつ》してもまとわりついてくるから、気がつけばこの人たちと一緒《いっしょ》に行動してることも当たり前に思えてきていた、ここ最近。

これはいかん、そうだ部活でまともな友達を作ろう——そう思い立って、入部したのが園芸部だった。

「なんてか、地味だな……やっぱり若さがない」

失礼なことを言う高嶋君。ほっとけ！　地味でいいんです。

誰《だれ》かさんたちのおかげでなにかと騒がしい日々を送る中、植物や土と触《ふ》れ合う癒《いや》しの時間に魅力《みりょく》を感じたのだ。

ただ、「友達を作りたい」という目的で園芸部に入ったものの、そこには最大の盲点《もうてん》があった。——部員がいなかったのだ（チーン）。

正確には、園芸部員は総数が少ないうえ運動部と掛《か》け持ちの子ばかりで、全体の活動はほとんどなかった。

今のところ休み時間に順番で花壇の水やりをするくらいだ。こ、こんなはずじゃ……。

まあ、仕方ない。昼休みにこの人たちと離《はな》れる口実ができただけで良しとしよう。

綺麗《きれい》な花と心安らかに、穏《おだ》やかな時間を過ごすんだ……そう思って歩き出した私は、野田君たちがしれっと後からついてくるのに気付いてうろたえた。

「ちょ、ちょっと、ついてこないでよ。水やりなんて見てても暇《ひま》なだけだよ」

「忘れたのかピンク、いつ『組織』の連中が襲ってくるともしれない状況下《じょうきょうか》だ。覚醒《かくせい》前のおまえを一人にするわけにはいかない」

「教室にいてもどーせ暇だしな」

わ、私の癒しの時間が……。


「そういえば、そろそろあの時期だな……」


校舎裏の花壇へ向かう道中、野田君がふと思い出したようにそんなことを言い出した。

あの時期って……。

「期末試験？」

「違《ちが》う！　新たな戦士の登場だ！」

くわっと目を見開いてこぶしを握《にぎ》る野田君だけど……いるか、そんなもん。

脱力《だつりょく》しながら、校庭の隅《すみ》で校舎の角を曲がった直後――

「ぐあああああ、し、鎮《しず》まれ、俺の右腕《みぎうで》……っ！」

包帯の巻かれた右腕を押さえて苦しむ、黒い学ランを着た眼鏡男子の姿が、目に飛び込んできた。

「はあっ……はあっ……落ち着くんだ、覚醒の刻《とき》はまだ早い……！」

荒《あら》い息を吐《は》きながら、あたかも腕が意思を持って暴れ、制御《せいぎょ》しきれないとでもいうような不自然な動きをする眼鏡男子。

……こ、これは……どう考えてもアレだよね。

あまりにもベタな、あの病気の発症《はっしょう》パターンの一つ……。

「くっ、ギルディバラン……貴様なん、かに、負けて……たまるかっ……俺は、俺はっ……

……――竜翔院凍牙《りゅうしょういんとうが》だ！」

眼鏡男子は何かを振《ふ》り切るように空に向かって吠《ほ》えると、しばらくその体勢で静止した。

やがて、右腕の暴走は収まったのだろうか、ふうーっと深い息を吐き、固まっていた私たちの方を振り返るや、ハッとしたように息をのむ。

「お前たち……見てしまったのか……！」

見なかったことにできるなら、そうしたいです。

心の中で即答《そくとう》した私の横で、「な……」と野田君が声を震《ふる》わせた。


「仲間だー！」


キラキラと瞳《ひとみ》を輝《かがや》かせて、眼鏡男子に駆《か》け寄る野田君。

そうだね、君のお仲間だね。間違《まちが》いない。

「やっと見つけたぞ、ブラック！」

「仲間……？」

けれど、眼鏡男子は眉《まゆ》をひそめると、肩《かた》に伸《の》ばされた野田君の手をつれなく振り払《はら》った。

「人違いだ。俺に仲間などいないし……誰ともつるむつもりはない」

冷たい声で言い放って、くるりと背を向けて離れていく。

かと思えば、数歩進んだところで横顔だけこちらに向けて、哀愁《あいしゅう》に満ちた眼差《まなざ》しとともに

に、

「……俺に近づかない方がいい。これは警告だ」

——はい、言われなくてもお近づきになりたくありません！

「待てっ」

野田君、やめてー！　そっとしておこうよ！

私は内心で悲鳴を上げていたけれど、今度は高嶋君がいぶかしげに言葉を紡《つむ》いだ。

「お前、1‐Aの中村和博《なかむらかずひろ》だろ？　学年トップの……。警告って、どういう意味だ？」

——学年トップ⁉　って成績が、だよね。

この学校で首席って、そうとう偏差値《へんさち》高いはずだ。国内の大学ならまずどこでも入学できるレベル。なんとかと天才は紙一重《かみひとえ》ってやつなのだろうか……目の前の言動を見るに彼は前者としか思えないんだけど。

眼鏡男子は、フッと皮肉気な笑《え》みを浮《う》かべてゆっくりとこちらに向き直る。

「中村……この世界線ではそんな名で呼ばれていたか。だが、それは所詮《しょせん》この仮初《かりそ》めの身に便宜上与《べんぎじょうあた》えられた俗称《ぞくしょう》にすぎん。俺の魂《たましい》に刻まれし真名《まな》は『竜翔院凍牙』――強大な力をこの身に宿しながらも、いや、この強大な力故《ゆえ》に、拭《ぬぐ》い去れない血塗《ちぬ》られし過去と贖《あがな》うことのできない罪を背負った孤独《こどく》な戦士《おとこ》さ」

腕を組みながら、クイッと眼鏡のブリッジを押し上げる中村君。

「強大な力……血塗られし過去……？　竜翔院、お前はいったい、何者なんだ……？」

ごくり、と生唾《なまつば》を飲み込む野田君に、中村君はすうっと瞳を細め、「俺に関《かか》わらないほうがいい」と再度警告した。

「ただ一つ教えてやれることは、この俺の前世が天使と悪魔《あくま》の禁断のまぐわいのもとで誕生したハーフであったこと、そのせいかこの瞳には見えないはずのものが見えてしまうということだ。眼鏡は余計なものが見えすぎて神経を摩耗《まもう》しないよう掛けることで保護フィルターの役割を果たしている。俺はかつて一つの世界を救った代償《だいしょう》として、魂ごと忌《い》むべき呪《のろ》いに染められ、同時に潤沢《じゅんたく》たる闇《やみ》の力も手にしてしまった……右腕に封印《ふういん》されし暗黒神ギルディバランが、ともすれば俺の理性の箍《たが》を弾《はじ》き飛ばし、破壊《はかい》と殺戮《さつりく》を貪《むさぼ》ろうとする衝動《しょうどう》を必死に抑《おさ》え込む――そんな綱渡《つなわた》りのような日々には、正直、疲《つか》れ果てているがな…

…」

……「ただ一つ」と言いつつ、長々と詳細《しょうさい》を語ってくれてるよ！

尋《たず》ねてもらえたのが内心、嬉《うれ》しくてたまらないとみた。


「わかっただろう。俺に関わると碌《ろく》なことにならない……」

「ああ、よくわかった――おまえが、どうしようもない大馬鹿野郎《おおばかやろう》ってことがな！」

仁王立《におうだ》ちした野田君が大声でそう告げると、中村君の顔色がサッと変わった。

「なん……だ、と……？」

「一人で抱《かか》え込んでるんじゃねえよ！　重荷は皆《みんな》で分け合えばいい！」

「戯言《たわごと》を……この俺の業《カルマ》は、おまえのような甘っちょろい小僧《こぞう》に背負えるほど生易しいもんじゃない」

「そう思うなら……ぶつけてみろ！　その闇の力とやらを――」

えーと、なんなんだろう、この小芝居《こしばい》……。

険しい表情で野田君を睨《にら》みつけていた中村君は、フッとシニカルな笑みを漏《も》らすと、いいだろう、と呟《つぶや》いた。

「愚《おろ》かなるヒトの子よ……真なる絶望の深淵《しんえん》を垣間見《かいまみ》るがいい」

そして、両手で複雑な印を結び、謎《なぞ》の呪文《じゅもん》を唱え始める。

「呪《のろ》われし炎獄《えんごく》の獣《けもの》ども、彷徨《さまよ》える冥界《めいかい》の亡者《もうじゃ》ども、今ここに捧《ささ》げられし脆弱《ぜいじゃく》なる贄《にえ》をその爪牙《そうが》と咢《あぎと》で噛《か》み砕《くだ》け。古《いにしえ》の契約《けいやく》のもとに我が召喚《よ》び声に応《こた》えよ――ヘルサーバント！」

中村君がよく響《ひび》く低音で声を張り上げるや、野田君はぎょっとしたように瞳を見開き、ファイティングポーズを構えながら周囲を見回した。

「こ、こいつらは……！」

「ククク……そうだ、魔界《まかい》より召喚したケルベロスやグールどもよ。残忍《ざんにん》にして凶暴《きょうぼう》な闇の眷属《けんぞく》の猛攻《もうこう》、貴様に耐《た》えられるか……？」

なんなの!?　この人たちにはいったい何が見えてるの―!?

「さあ、死神と絶望の輪舞曲《ロンド》を踊《おど》れ！」

バッと大きく腕《うで》を広げる中村君。

野田君は険しい表情で虚空《こくう》に向かってパンチやキックを繰《く》り出していたが、「キリがないな……」と呟くと、ゴロゴロと派手に地面を転がって距離《きょり》を置いた。

そして、腰《こし》を落とし、両手を掲《かか》げて叫《さけ》ぶ。

「ダイヤモンド・バリケード！」

「……何……っ!?」

驚愕《きょうがく》に顔をゆがめる中村君に、野田君は不敵に笑った。

「このバリアの前には、どんな奴《やつ》らも無力だぜ……！」

「チッ……」

舌打ちをする中村君……。


「……ねえ、高嶋君、何か見える？」

「見えん」

あまりの緊張感《きんちょうかん》と迫真《はくしん》のやりとりに、思わず隣《となり》に立っていた高嶋君に尋ねたら、即答された。よかった、何も見えない私がおかしいわけじゃないんだ……。

「思いの外、楽しませてくれそうだな……」

再び傲慢《ごうまん》な笑顔《えがお》に戻《もど》った中村君は、身に着けていた白手袋《てぶくろ》を外して、地面に投げ捨てる。

「この手袋は、いわば拘束《こうそく》具——質量にして片方七十キロ。つまり俺は常日頃《つねひごろ》から成人男子二人を抱えて日常を過ごしているということだ」

ワースゴーイ（棒）

「更《さら》に、装着することで俺の魔力《まりょく》を五十パーセントまで抑える制御装置《リミッター》としての役割も持つ。それを外した今、果たしてどうなることか……俺の無尽蔵《むじんぞう》の魔力の片鱗《へんりん》、味わってみるか？」

ニヤリと好戦的に口元をゆがませる中村君に、かすかに表情をこわばらせていた野田君も、ニッと強気な笑みを浮かべて応じた。

「ああ、望むところだ！」

「焦土《しょうど》を駆《か》けし漆黒《しっこく》の風よ、総《すべ》てを駆逐《くちく》する奔流《ほんりゅう》の御手《みて》よ、狂気《きょうき》にして凶器《きょうき》なるその十字架《じゅうじか》を解き放て。古の契約のもとに我が召喚《よ》び声に応えよ——ダーククロストルネード！」

「ダイヤモンド・バリケード！」

体を捻《ね》じ曲げて腕を交差させた奇妙《きみょう》なポーズで中村君が呪文を放つと、野田君もまた腰を落として両手を前へ突《つ》き出した。


「はあああああああああ」

「うおおおおおおおおお」

「ぐぬううううううううう」

「りゃあああああああああ」


しばらくそのままの体勢で絶叫《ぜっきょう》をしていた二人は、やがて、キーンコーンと予鈴《よれい》の音が響き渡《わた》るや、ふっと同時に全身の力を抜《ぬ》き、両手を下ろした。

「ハアッハアッ……まさか、ここまで俺のダーククロストルネードに耐え抜く者が現世にいるとはな……」

荒《あら》い息をつき、信じがたいといった眼差《まなざ》しでまじまじと相手を見つめる中村君。

「正直……ゼエッゼエッ……危なかった、ぜ……」

よろっと倒《たお》れ込むように地面に腰をついた野田君が、肩《かた》で息をしながら額の汗《あせ》をぬぐう。

「フッ……なかなか興味深い男だ。名前を聞いておこう」

「野田大和だ」

片頬《かたほお》の口角を上げながら中村君が差し出した手を、がっしりと摑《つか》んで立ち上がり、満足げな笑《え》みを浮《う》かべる野田君。

どこか清々《すがすが》しい表情で固い握手《あくしゅ》を交《か》わす二人の間には、互《たが》いを認め合うような空気が漂《ただよ》っていた。

――私たちにはまったく見えない激しい戦闘《せんとう》の末、友情を芽生えさせたらしい。

てか貴方《あなた》たち、通じ合いすぎでしょ！　生まれながらの大親友か……

「よろしくな、ブラック！」

「ブラックじゃない。俺は――竜翔院凍牙だ」

ドヤ顔で告げる眼鏡男子を前に、私はガクリと首を垂らした。

野田

ああ……また変な人が増えてしまった……。

☆★☆

「ピンク、今週の日曜は空いてるか？」

やや青ざめて、いつになく緊迫《きんぱく》した様子の野田君にそんな質問をされたのは、中村君に出会った翌日、朝の学活直後のことだった。

「今度の敵はかつてなく強大だ……おれたち全員の力を合わせなければ、打ち破ることは到底《とうてい》不可能だろう」

いきなり何言ってんだ、この子……と呆気《あっけ》にとられていたら、高嶋君が通訳してくれた。

「期末試験対策に、集まって勉強会をしようってさ」

ああ、なるほど。ついさっき担任が「期末で赤点とったら夏休みは補習授業」とか言ってたっけ。

かくいう私も、古文が結構心もとなかった。てか古文は本当に敵。

訳のわからない単語や言い回しをこれでもかと並べ立てられて、言ってることは『お参りに行ったつもりが肝心《かんじん》の本堂をスルーしていた間抜《まぬ》けな知り合いの話』とか、『十月に山里でいい感じの家を見つけたけどみかんの木は邪魔《じゃま》だった』とか、『とにかく旅に出たい』とか、なんでこんな果てしなくどーでもいい話を苦労して翻訳《ほんやく》せにゃならんのだと毎回ぐったりしてしまう。しかも登場人物がやたらと泣いたり気絶したりとメンヘラ気味で、言動は回りくどくて鬱陶《うっとう》しいし――って話がそれちゃった。

勉強会ねえ……失礼ながら、この人たちが成績優秀者《ゆうしゅうしゃ》とは到底思えないし、一緒《いっしょ》に勉強する利点がわからない。そもそも何が悲しくて休みの日まで顔を合わせなきゃいけないいんだ。

却下《きゃっか》――と口に出そうとしたその時、野田君が言葉を継《つ》いだ。

「緊急《きんきゅう》対策本部をブラックの家に設置することにした。みんなでこの難局を乗り切ろう！」

☆★☆

「ここだ、ピンク！」

駅の出口に出た途端《とたん》、よく通る声が響《ひび》き渡って、かあっと頬が熱くなった。

「ちょっと、野田君、そんなに大声出さないでよ」

通行人から視線が集まるのを感じながら抗議《こうぎ》したけれど、野田君は「だって小さな声だと聞こえないだろ」ときょとんとしている。

その隣《となり》では高嶋君がわざとらしく肩をすくめてため息をついた。

「『ごめんね、待った？』くらい言おうぜ。そしたら『気にするな……俺のためにオシャレしてたんだろ？』って返してやろうと思ってたのに」

「心底言わなくてよかったよ」

淡々《たんたん》と心情を述べると、野田君が「よし、じゃあ行くか！」と歩き出した。

日曜日の午後二時。これから中村君の家で勉強会をすることになっていた。

菜々子ちゃんにも確認《かくにん》したけれど、中村君が入学以来学年一位というのは本当らしい。性格はアレだけど、彼の学力は魅力《みりょく》的だった。下手をすると夏休みにまで古文と格闘《かくとう》する羽目になるのだ。背に腹は代えられない……。

グーグルマップ先生の道案内に従ってたどり着いた中村君の家は、青い屋根に白い壁《かべ》の普通《ふつう》に感じがいい二階建ての一軒家《いっけんや》だった。

インターホンを押すと、こちらが何か言う前に『入れ』と声が聞こえてきた。

レンズで見えてるんだろうけど、反応が早いな〜。ずっとリビングで待ち構えてた？

……まさかね。

「本当に来るとはな……物好きな奴《やつ》らだ」

扉《とびら》を開けると、玄関《げんかん》では、壁に背中をもたれかからせ、腕組《うでぐ》みした状態の中村君が出迎《でむか》えてくれた。休日なのに、なぜか制服姿だ。

「なんで制服？」

高嶋君が尋《たず》ねると、中村君は物憂《アンニュイ》げな面差《おもざ》しでのたまった。

「これはただの制服ではない。特別な魔力《まりょく》が練りこまれた拘束《こうそく》衣なのだ」

いろんな設定があるんだなあ……。

野田君は「そうだったのか！　すげー」と感心している。

「中村君、これ、お土産《みやげ》。おうちの人の分もあるからよかったら……」

持参した箱を差し出すと、中村君の瞳《ひとみ》がかすかに見開かれた。

「……聖瑞姫」

なぜにフルネーム？　と思いつつ、「何？」と聞き返すと、中村君は仏頂面《ぶっちょうづら》の頬を少し緩《ゆる》ませた。

「絶望に凍《こお》った俺の心をも蕩《とろ》かす甘美な供物《くもつ》……感謝する」

有名なお店のなめらかプリン。どうやら中村君も好物だったらしい。

「しばし待て」

そう言い残すと、中村君はクールながらどこかほくほくとした表情でプリンの箱を持って奥の部屋へと行って、また戻《もど》ってきた。たぶん、冷蔵庫に入れてきたんだろう。

「俺の部屋に案内しよう。だがいいのか？　もう……後戻《あともど》りはできなくなるぞ」

「ああ、望むところだ！」

よくわからない台詞《せりふ》への対応は野田君に任せて、お邪魔しまーす、と言いながらおうちに上がった。

「ご家族は外出中？」

「俺に家族などいない」

何気なく尋ねたら、ヘビーな返事がきて息をのむ。

「俺の……『竜翔院凍牙』の肉親は、千年前の大戦でみな歴史という名の大河の藻屑《もくず》となった。今は、束《つか》の間の宿主に選んだ『中村和博』という肉体を生み出した一組の男女と、表向きはそんな形式をとってはいるがな……」

なんだよ、ちゃんとお父さんもお母さんも健在なんじゃないか！　あービックリした。

「無論、彼らに、感謝はしている。だが……家族というものへ本来自然と抱《いだ》くべき『愛情』というものが、俺にはわからない。そもそも、俺には『感情』というものが欠落しているからな……」

いきなりギアマックスで一人語りをしていた中村君は、二階に上がってすぐの部屋の前にたどり着くと、「ここだ」とドアノブを回して扉を押しあけた。


「……すげー！」

「超《ちょう》かっけー！」

部屋に入った途端、野田君と高嶋君が歓声《かんせい》を上げる。

彼らの目線の先には、西洋剣《けん》、銃《じゅう》、短剣……といった模造武器が数点、壁に飾《かざ》られていた。

「なあなあ、触《さわ》ってもいいか？」

瞳を輝《かがや》かせた野田君たちに聞かれて、中村君は「フン……」と不愛想《ぶあいそう》に頷《うなず》いた。

「聖剣エクスカリバーの刃《やいば》はありとあらゆる邪悪《じゃあく》な存在を浄化《じょうか》する。お前たちもせいぜい消滅《しょうめつ》しないよう気を付けろ」

はしゃぐ野田君たちを一見クールに眺《なが》める中村君だけど、よく見ると鼻の穴が誇《ほこ》らしげにひくひくと膨んでいる。

自慢《じまん》のコレクションを褒《ほ》めてもらえて有頂天《うちょうてん》ってところだろうか。


男子たちが模造武器でテンション上げている間に、私は部屋の中をぐるりと見まわした。

机とベッドが置いてある八畳《じょう》くらいの洋間。カーテンは青、カーペットはベージュで、いたって普通……インテリアはお母さんが主導権を握《にぎ》ってるのかな。

模造武器の次に目を引くのが大きな本棚《ほんだな》で、中にはびっしりと本が並んでいた。

ざっとタイトルを見ると、神話や幻獣《げんじゅう》、天使、悪魔《あくま》、魔術など、いかにも中村君が好みそうな文字が並んでいる。あとは哲学《てつがく》や量子力学、旧約聖書……。

『ツァラトゥストラはかく語りき』『死に至る病』『神曲』『罪と罰』『羅生門』『人間失格』『月は無慈悲な夜の女王』『黒い本』など、題名買いしたでしょ？　って感じの本も多い。

漫画《まんが》やライトノベルもすごい数が置いてある……。

『オマエハイッタイ、ナニモノダー』

甲高《かんだか》い声が鼓膜《こまく》を震《ふる》わせ、振《ふ》り返ると、窓際《まどぎわ》に吊《つ》るされた鳥かごに一羽の鳥が飼われていた。体長二十センチ程度で、頭部は白く、首から下は青、背中と翼《つばさ》には白のふちどりのある黒い羽毛《うもう》が生えている。セキセイインコだろうか。

「可愛《かわい》い。おしゃべり上手だね」

感心して言うと、中村君は「当然だ」と鼻を鳴らした。

「紹介《しょうかい》しよう。俺の前世からの盟友『ファウスト』だ……不死鳥の血を引いている」

はあ……さいですか。

「青いけどな」

高嶋君がぼそっとツッコむと、中村君は「馬鹿《ばか》め、異界の炎《ほのお》は蒼《あお》いのだ！」と即座《そくざ》に言い返す。その辺の設定に抜《ぬ》かりはないらしい。

『ヒオウギ、エターナルフォースブリザード！』

興奮しているのだろうか、バタバタと羽ばたかせ、なにやら呪文《じゅもん》のようなものを唱えるインコに、今度は模造剣を構えて姿見の前で夢中でポーズを決めていた野田君が、反応した。

「『エターナルフォースブリザード』……!?」

茫然《ぼうぜん》としたように復唱したと思えば次の瞬間《しゅんかん》、ぱあっとその表情が眩《まばゆ》く光る。

「なんだ、その技《わざ》。すげーカッコよさそう！」

途端《とたん》に、中村君も誇らしげに頬《ほお》を緩めた。

「ああ……この技は神聖魔術でも最上位に当たるS級魔法であり、禁断にして最強の究極奥義。この呪文を唱えた瞬間、周囲の大気ごと氷結し——相手は死ぬ」

「……！」

頬を紅潮させながら、ごくり、とのどを鳴らす野田君。

「S級魔法……禁断にして最強の……究極奥義……！」

かと思えば両手を握りしめ、ぶるぶる震えながら復唱している。よほど厨二魂《ちゅうにだましい》をくすぐられるらしい。

「俺でさえ、使ったのはただ一度だけ……暗黒神ギルディバランを封印《ふういん》した、あの決戦の時のみだ。この脆弱《ぜいじゃく》なヒトの肉体では、強大すぎる魔力に耐《た》えきれず、術が不完全なまま暴走した挙げ句、瓦解《がかい》してしまうだけだろう」

「かっけー！『エターナルフォースブリザード』超かっけー！」

興奮して叫《さけ》ぶ野田君の唇《くちびる》に、中村君はすっと人差し指を押し当てた。

「──それほど恐《おそ》ろしい神級呪文なんだ」

厳しい眼差《まなざ》しで、野田君を諫《いさ》める。

「やすやすと口にしていい単語じゃない。わかったか？」

いや、貴方《あなた》が部屋で何十回と繰《く》り返し唱えてたから、インコが覚えてるんじゃないかな！

私は心の中で大声でツッコんだけれど、野田君は表情をこわばらせ、コクリ、と頷いた。

☆★☆

「みんなの得意科目ってなんだ？」

さあ勉強しよう、とテーブルの周りに座ったところで、野田君が質問する。

「おれは体育と数学だ」

「え、野田君って数学得意なの？」

意外……と瞳《ひとみ》を丸くする私に、「大和はすごいぜ」と高嶋君が肩《かた》をすくめる。

「途中《とちゅう》の式すっ飛ばして、直感で答えだけ当てる」

「なにそれ。ありえない！　てか許せない」

「野性の勘《かん》だ！」

胸を張る野田君だけど、数学の筋道だった明瞭《めいりょう》さと論理的な美しさを愛する私としては、到底《とうてい》認められないことだった。

「自慢じゃないが、入試がマークシートじゃなければ皆神高にはきてなかったな！」

って完全に勘と運で合格したの⁉　本当に自慢にならないよ！

「智樹は保健だよな。中学の時百点とったことあるし。こう見えて、『保健マスター』の異名を持つ男だ」

「ああ、保健のことはなんでも俺に聞いてくれ」

……高嶋君だからだろうか、正直「この変態」としか思えない。

「日本史も得意だぜ。『織田信奈の野望』がきっかけで興味がわいて、好きになった」

戦国武将が美少女キャラになったアニメだったっけ。実に彼らしい。

高嶋君がそのアニメのお気に入りキャラとの妄想話《もうそう》をし始めたので、「私が好きなのは数学」と強引《ごういん》に割り込んだ。

「ピンクもか！　同じだな」

「一緒《いっしょ》にしないで！　中村君の得意教科は？」

「フン……『全《すべ》て』だ。だがとりわけ好むのは倫理《りんり》とドイツ語だな」

眼鏡のブリッジを押し上げながら豪語《ごうご》する中村君。

……ちょっと次元が違《ちが》うようだ。ちなみにドイツ語なんてうちの学校の授業にはない。

とりあえず今日は、それぞれがやりたい教科を勉強して、わからないところがあれば中村君に尋《たず》ねるという形で進めることにした。

「アレキサンダー大王って、名前の響《ひび》きがカッコいいよな」

開始して五分も経《た》たないうちに、世界史の教科書を開いていた野田君がポツリとそんなことを言う。

「ああ、あと別表記で『アレクサンドロス』ってのもあるけど、なんか呪文の進化形みたいじゃねーか？　サンダー→アレキサンダー→アレクサンドロス、みたいな」

高嶋君がお馬鹿な相槌《あいづち》を打ち、「わかる！」と野田君が応じる。わかるんかい。

「アレキサンダーは『一眼《いちがん》は夜の闇《やみ》を、一眼は空の青を抱《いだ》く』という伝承が残る、ブラウンとブルーのオッドアイだったといわれる」

「「オッドアイ……だと……？」」

中村君の披露《ひろう》した雑学に、野田君と高嶋君の顔色が変わった。

オッドアイって、左右の眼《め》の色が違うことだよね。それは珍《めずら》しい。

「更《さら》にアレキサンダーは、ギリシャ神話に登場するヘラクレスを祖とするといわれる家系の父と、アキレウスを祖とするといわれる家系の母、いわばギリシャの二大英雄《えいゆう》の血統者として誕生した、最強サラブレッド。母オリュンピアスは大蛇《だいじゃ》を従えた密教の巫女《みこ》であり、師匠《ししょう》はかの有名な哲学者《てつがく》アリストテレス。騎馬戦《きばせん》を得意とし、二十歳《はたち》で即位《そくい》してからは連戦連勝、一大帝国《ていこく》を築き上げるが、三十二歳の若さで夭折《ようせつ》した」

「「おおおおおおお……!」」

大興奮する男子たち。厨二心を鷲摑《わしづか》みされたようだ。

確かに二次元か！　とツッコみたくなるチートっぷりだけどね……。

「世界史の英雄だと、『賽《さい》は投げられた』の名言で知られるローマ将軍ジュリアス・シーザーもなかなかのものだ」

得意げに語る中村君だけど、世界の偉人《いじん》に『なかなかのものだ』ってあなたほんと何様？

「ジュリアス・シーザー！　やっぱり名前からしてかっけー！　世界史ってグッとくる名前や二つ名もった奴《やつ》がときどきいるよな」

テンションを上げる野田君に、高嶋君と中村君も嬉々《きき》として応じる。

「ああ、リチャード獅子《しし》心王《しんおう》とか雷帝《らいてい》イヴァン4世とか！」

「エドワード黒太子《こくたいし》、鉄血宰相《てっけつさいしょう》ビスマルク、ブラッディ・メアリーなども悪くない」

「日本だと『独眼竜《どくがんりゅう》』伊達《だて》政宗《まさむね》あたりか？」

「『甲斐《かい》の虎《とら》』武田信玄《たけだしんげん》、『越後《えちご》の龍《りゅう》』上杉謙信《うえすぎけんしん》、『第六天魔王《だいろくてんまおう》』織田信長《おだのぶなが》……」

「信長のラスボス臭半端《しゅうはんぱ》ねえ！」

「あとは武者小路実篤《むしゃのこうじさねあつ》もなかなか……」

盛り上がる厨二病男子たちだけど、全然勉強進んでないよ？

「みんな、集中しよう！　明日《あした》からテストだよ！」

私が声を張り上げると、彼らはしぶしぶといった様子で、また机に向かい始めた。


「——中村君、ここの『なめり』ってどう品詞分解すればいいのかな？」

『なめり』は『なるめり』の撥音便《はつおんびん》『なんめり』の『ん』が表記されない状態だ。ゆえに断定の助動詞『なり』の連体形と、推量の助動詞『めり』に分解される」

私の質問にスラスラと答えてくれる中村君。さすが全教科得意と豪語するだけある。

「なるほど、ありがとう。……ねえ、勉強のコツとかってなにかあったりする？」

何気なく聞いてみたら、中村君は「そんなものはない。ただやるだけだ」とクールに答えた。おお、直球でなんだかカッコいい、と思った直後。

「だが、俺は智《ち》の賢者《けんじゃ》の加護を得ているからな。常人とは比べ物にならない頭脳を有していることは否定しない……それが必ずしもプラスにばかり働くというわけでもないが。天才ゆえの孤独《こどく》、とでもいうべきか……」

フッと自虐《じぎゃく》的な笑《え》みを浮《う》かべながら自慢《じまん》だか苦悩《くのう》だかを語り出す中村君。

……成績は学年トップだけど、実は一番吹《ふ》っ切れてアホなのはこの人かもしれない……。

「智の賢者は俺が前世で仲間だった三賢者の一人で、万物《ばんぶつ》の知識に通じるが偏屈《へんくつ》な変わり者。奴との出会いは……」

設定語りに入ってしまった中村君を残念な思いで見つめていたら、横から高嶋君が手元をのぞき込んできた。

「聖が読んでるの、源氏物語？」

「そうだよ。『若紫《わかむらさき》』の章」

源氏物語は平安時代に書かれた、帝《みかど》の第二皇子で超絶《ちょうぜつ》美形の『光源氏《ひかるげんじ》』が主人公の長編小説だ。

『若紫』の章は、山里で初恋《はつこい》の人そっくりの少女、紫《むらさき》の上《うえ》を見つけた光源氏が、勢い余って紫の上を家に連れ帰ってしまうという、わりとトンでもない話。

しかも、光源氏はそのまま紫の上を自分好みに教育して、後に強引に自分の妻にしてしまう。現代ならロリコン犯罪者で刑務所《けいむしょ》一直線だ。

「源氏物語って日本最古のハーレムラノベだよな〜。初恋の姉キャラと理想の妹キャラのダブルヒロインを始め、ツンデレの許嫁《いいなずけ》にヤンデレ未亡人、自由奔放《ほんぽう》なエロい兄嫁《あによめ》……」

ちょっと高嶋君、日本文学の最高峰《さいこうほう》になんてことを……！

「ま、俺は『あさきゆめみし』しか読んだことないけど」

「ああ、あれはおもしろいよね」

『あさきゆめみし』は源氏物語が原作の漫画《まんが》で、古典の先生に授業でオススメされて私も読んだ。

「紫の上が死んでから、源氏が後悔《こうかい》する場面があるだろ？　自分の最愛は紫の上だったと思い知って、どうして生前にもっと彼女だけを愛せなかったんだ——って、俺ももし空良ちゃんに先立たれたらこんな気持ちになるかもって、共感して泣きそうになったな」

……光源氏と自分を重ねるってどんだけ自分に自信あるんだ、この人……。

「魅力《みりょく》的な子はたくさんいるし、みんな俺を必要としてくれてるから、一人に絞《しぼ》るのは無理だけど……でも空良ちゃんは正妻として常日頃《つねひごろ》から特別大事にしよう、そう改めて思ったんだ。許してくれよ、空良ちゃん……！」

大丈夫《だいじょうぶ》、空良ちゃんもあなたの嫁であると同時に、日本中の空良ちゃんファンたちの嫁でもあるから——って言葉が喉元《のどもと》まで出かかったけど、面倒《めんどう》くさいから放《ほう》っておくことにした。

そういえば野田君は……と思って目を向ければ、机に突《つ》っ伏《ぷ》して気持ちよさそうに寝息《ねいき》を立てている。さっきのおしゃべりからまだ十分くらいしかたってないよ！

「野田君、野田君、起きて」

「……ハッ」

肩《かた》をゆすると、野田君はビクンと飛び上がるように上体を起こした。

わっ、びっくりした！

「大変だピンク、こんなことをしている場合じゃない！」

「ど、どうしたの？」

「怒《いか》りに目を赤く光らせた南極のペンギンたちが、連合を組んで日本に攻《せ》め込もうとしている！　原因は地球温暖化なんだ。こんな悲しい戦いを始めては駄目《だめ》だ！」

悲しいのはあなたの厨二脳《ちゅうに》だよ……。

「いますぐ止めに行かなければ……！」

「落ち着いて野田君、ただの夢だから！」

「夢を通じてペン太が送ったSOSだとしたら……」

「何者よペン太？　どさくさにまぎれてサボろうとするな！」

☆★☆

その後も厨二トークばかりでちっとも勉強にならないうちに、野田君のお腹《なか》が派手に鳴って、いったん休憩《きゅうけい》にはいることになった。

「茶でも淹《い》れてこよう」

中村君が一階へ下りて行き、野田君はぐっと伸《の》びをしながら立ち上がると、部屋の窓を開ける。

「お、いい風。リフレッシュできるな！」

リフレッシュってあなたたち遊んでばっかりでしょ！

「さて。部屋の主がいなくなったときたら、やることは一つだよな」

階段を下りる足音が遠くなるや、高嶋君がニヤリと悪だくみするような笑みを浮かべた。

「やること？」

「家宅捜索《そうさく》だ！」

高嶋君は声を弾《はず》ませながら、ベッドの下に手を伸ばす。

「智樹、そういうのは良くないぞ」

「そうだよ、やめなよ……」

眉《まゆ》を寄せる私たちの前で、高嶋君は「発見～」と数冊のノートを引っ張り出す。

「……って、なんだこりゃ？」

高嶋君が不思議そうな顔で見つめたノートには、表紙に『愚かなる堕天使の黙示録《ロスト・チャイルド・アポカリプス》』という文字が書かれていた。

めくった表紙の裏に綴《つづ》られた文章を読んで、「こ、これは……！」と息をのむ高嶋君。

私と野田君もつい好奇心《こうきしん》に負けてのぞき込むと、一行目にはこう書かれていた。

『・このノートに名前を書かれた人間は、死ぬ。』

――手作りの『デスノート』かい!!


「ブラックは、新世界の神だったのか……」

呆然《ぼうぜん》としたように呟《つぶや》く野田君。えと、違《ちが》うと思うよ。


「じゃあこっちは……?」

次のノートの表紙には、『光と闇《やみ》の救世主―メシア―《黒百合《くろゆり》カタストロフィー編》』と書かれている。

更《さら》にページをめくると、崖《がけ》の上から広大な大地を見回して『ここが……ヴァルバラス……』と呟いている、黒い鎧《よろい》を着た騎士《きし》のイラスト。

これは……中村君の描《か》いた漫画!?

シャーペンで描かれたイラストは素人《しろうと》レベルでは結構上手な方だけど、次のモノローグを読んだ瞬間《しゅんかん》、震《ふる》えが奔《はし》った。

『俺の名は、竜翔院凍牙。人は俺を〈漆黒《しっこく》の閃光《せんこう》〉と呼ぶ』

中村君、まさか……自分を主人公にした漫画を描いてるの!?

痛いよ！　痛すぎるよ……！

心が悲鳴を上げながらも、怖《こわ》いもの見たさで視線を逸《そ》らせない。

——どうやら天使と悪魔《あくま》の血を引く青年が、暗黒神を倒《たお》す旅に出るというストーリーらしい。

ただ、その一冊目では旅立つところまではいかず、その世界の地形や諸国の歴史・政治経済・言語・魔法システムなどの膨大《ぼうだい》な設定や、いかに竜翔院凍牙が強く、人々から畏敬《いけい》の目で見られながらも孤独《こどく》であるかが説明されるだけで終わっていた。

「す、進まねー……」

《青薔薇《ばら》レクイエム編》へ続く、の文字を見て、そう呟きながら最後のページをめくった高嶋君はハッと目を瞠《みは》った。

私もあまりの衝撃《しょうげき》に息が止まりそうになる。

そこには――『後書き』と題された文章が記されていた。

「読者もいないのに……『後書き』……！」

その場にいる全員が白目になりながら、凄《すさ》まじい破壊《はかい》力におののく。

『初めまして、と書くべきだろうか。それとも……また逢《あ》ったな、と書くべきだろうか。生きとし生けるものは全《すべ》て輪廻《りんね》の理《ことわり》――ウロボロスの円環《えんかん》のもとに従属する。それが俺の哲学《フィロソフィ》……。名乗るのが遅《おく》れたな。俺はこの作品の創造者、竜翔院凍牙だ』

ダメよ、これ以上読んだら、精神がもたない――！

ライフが限りなくゼロに近づいていたその時。

「おい、開けてくれ」

ドアの向こうから中村君の声が響《ひび》き渡《わた》った。ひいっ！

高嶋君が光の速さでノートをもとの場所に戻《もど》すのを確認《かくにん》してから、野田君がドアを開けると、ティーカップとプリンを載《の》せたお盆《ぼん》を持った眼鏡男子の姿が現れる。

両手がふさがっていてドアを開けられなかったんだね。セーフ……！

「喜べ、上質な茶葉があったぞ。〈プリンス・オブ・ウェールズ〉だ……どうした？」

部屋に漂《ただよ》う微妙《びみょう》な空気に気付いたのか、眉をひそめる中村君に。

「いや、別に～。わっ、すげー、マジでいい匂《にお》い！」

「プリンも美味《うま》そうだな、ブラック！」

「早く食べたいな～」

みんな慌《あわ》てて笑《え》みを浮《う》かべ、その場を取り繕《つくろ》う。

「……お前たち、何か隠《かく》して――」

中村君が怪訝《けげん》そうな顔でそう言いかけたところで。

『エターナルフォースブリザード！　エターナルフォースブリザード！』

賑《にぎ》やかな声が響き、バタバタとインコがかごの中で暴れまわり始めた。

「あ、ファウストもお腹《なか》すいたんじゃないか？」

「一緒《いっしょ》におやつを食べたいのかもな！」

「そうだね、餌《えさ》あげなよ」

『ワレニ、クモツヲササゲヨ！　エターナルフォースブリザード！』

中村君はまだ不審《ふしん》そうにしていたけれど、インコがいつまでも騒《さわ》ぐので、「やれやれ……」とわざとらしくため息を漏《も》らしながら鳥かごに近づいていった。

「わかったから、落ち着け、ファウスト」

よし、話題が逸れた！　ファウストさん、ナイスアシスト！

「ほら、ファウスト。今日の贄《にえ》は粉砕《ふんさい》したヒュドラーの頭骨だ……」

『粟《あわ》の穂《ほ》』と書かれた鳥の餌を手にした中村君がかごの入り口を開けると、インコは激しく羽ばたいて、かごから飛び出した。

「こら、ファウスト……っ……!?」

余裕《よゆう》を保っていた中村君の瞳《ひとみ》が、窓に向けられるや大きく瞠られる。

「なんで開いて……って、ファウスト、待て……っ！」

『エターナルフォースブリザード！』

インコは中村君の制止も聞かず、さっき野田君が開けた窓の隙間《すきま》から外へと、あっという間に飛んで行ってしまった。

「……！」

☆★☆

「——追うぞ！」

呆然とする一同の中で、最初に我に返ったのは野田君だった。

部屋を飛び出す小柄《こがら》な背中を追って、私たちも走り出す。

「ファウストー！」

「どこだ～？」

靴《くつ》を履《は》いて玄関《げんかん》を出た時には、鳥の姿はどこにも見えなくなっていた。

「ピイィーッ！　ピポーッ！」

いきなり耳をつんざくような音が間近で聞こえて、振《ふ》り返ると、中村君が謎《なぞ》の横笛を吹《ふ》いていた。

「なにやってんだ、竜翔院⁉」

「ファウストはこの横笛の音色を響かせるとどこにいても飛んでくるはずなのだが……」

っていう単なる設定じゃないの⁉　音色っていうか、騒音《そうおん》だよ……！

「他《ほか》にも、ファウストはこの手錠《てじょう》を振った時の音や、ナイフ同士をぶつけ合う音も好む。お前たちもこれを使って捜《さが》してくれ」

「わかった！」

野田君は大きく頷《うなず》いたけど……なんでそんな変なアイテムばっかり持ってるんだよ！

本当にファウストはそれが好きなの？　うう、嫌《いや》だなあ……。


「ファウストー！　もどってこーい！」

「出ておいで、ファウストー」

「ピポピーッ！　ピイーッ！」

大声で叫《さけ》びながら、ナイフをなぜか両手に逆手持ちした野田君がそれらをキンキンと打ち鳴らし、私と高嶋君はおもちゃの手錠をガチャガチャと振り回す。その後ろでは中村君が調子っぱずれな笛を吹きまくり……なんだこの怪《あや》しい集団。

とりあえず、道中で会った人たちには即《そく》「インコを見ませんでしたか？」と声をかけ、捜索《そうさく》すると同時にやむに已《や》まれぬ事情があることをアピールした。

それから三時間ほどかけて、木の枝や電線、植え込みや茂《しげ》みなど近辺を捜し回ったけれど、青いインコはどこにも見当たらない……。

「こうなったらあの技《わざ》を使うしかないな……」

野田君は腰《こし》を落とし、両手でピースを作っておでこの前で横にする。——ってこのポーズはいつかの。

「放て！　おれのサーチライト！」

やっぱりこれか。でもこれって邪気《じゃき》を探《さぐ》る技じゃなかったの？

野田君は真顔でしばし静止した後、

「こっちだ！」

分かれ道の右側をビシイッと指さした。直後。

『エターナルフォースブリザード！』

捜し求めていた甲高《かんだか》い鳴き声が、不意に左側から聞こえてくる。

「おかしい、おれのサーチライトが鈍《にぶ》ってる……!?」

首をかしげる野田君をいじっている暇《ひま》もなく、みんなは左側へと走った。


「——あ、あそこ！」

高嶋君が指さした木の枝の上に、青いインコがちょこんと止まっていた。

『ククク、オレノナハ、リュウショウイントウガ！』

間違《まちが》いない、ファウストだ！

やった、と思ったのも束《つか》の間、同じ木の枝の幹に近い方から、ふてぶてしい面構《つらがま》えの太った三毛猫《みけねこ》がそろそろとインコに近づいているのに気付き、サーッと血の気が引いた。

「ファウスト！　逃《に》げろ！」

中村君が緊迫《きんぱく》した叫びをあげるのと同時に、デブ猫の金目が光り、小首をかしげたインコに飛びかかる——

駄目《だめ》！　やめて――！

猫の前足がインコを捕獲《ほかく》し、背筋が凍《こお》るような心地《ここち》がしたその瞬間《しゅんかん》、バキッという音とともに木の枝が折れた。

突然《とつぜん》の出来事に、べちょっと着地失敗して、下の空き地に落ちるデブ猫。

ファウストは途中《とちゅう》で拘束《こうそく》が解けたのだろう、バサバサと羽ばたきながら、中村君のもとへと戻《もど》ってくる。幸い怪我《けが》はないようだ。

…………よかった……！

「ファウスト……よく、生き延びた！」

すぐに持ってきていた鳥かごの中にインコを移す中村君。

「よかったな、ブラック！」

「竜翔院、ホッとして泣いてる？」

高嶋君にからかうように指摘《してき》された中村君は、「そんなわけないだろう」と言いながら目元をぬぐった。

「少々荒野《こうや》の風が目に染《し》みただけだ……」

「――それにしても、こんな太い枝、よく折れたな～。こいつ、どんだけデブいんだ」

みゃ～ご、とだみ声で鳴きながらのんびりと歩き出した猫を見ながら、高嶋君が呆《あき》れたようにそう言った時。

「ベンジャミン！」

新たな声が響《ひび》き渡《わた》り、個性的な服装をした、背の高い赤髪《あかがみ》の男子がこちらへと駆《か》けてきた。

――九十九君!?

九十九君は、目を丸くする私たちを見回すと、「おやおや」と肩《かた》をすくめた。

「我が校の問題児たちがお揃《そろ》いで、いったい全体どうしたんだい？」

薄笑《うすわら》いを浮《う》かべながら、猫を両手で抱《だ》き上げる。

「……おまえの猫なのか？」

中村君の質問に、九十九君は「まあ、そんなところかな」とけむに巻くような返事をして、インコに目を留めると、ニヤリと笑《え》みを深めた。

「——大切なものがあるなら、せいぜい目を離《はな》さないことだね」

「……何？」

眉《まゆ》をひそめる中村君を無視して、九十九君はぐるりとみんなを見回しながら瞳《ひとみ》を細める。

「君たち全員、ね」

「……!?」

それだけ告げると、戸惑《とまど》う私たちを残し、九十九君は悠然《ゆうぜん》とその場から去っていった。

……いったい、なんなんだろう……？　意味不明。

首をかしげていたけれど、ふと、西の空がすっかり橙《だいだい》に染まっていることに気付き、ぎょっとした。

「うそっ、もうこんな時間!?」

スマホで時間を確認《かくにん》して、ショックを受ける。結局ほとんど勉強できなかった……！

「やべっ」

「このままじゃテストが……！」

野田君と高嶋君もさすがに青ざめて頭を抱《かか》えていたところ、「ふうっ……仕方のない奴《やつ》らだ」と中村君が大きくため息を漏《も》らした。

「特別に、俺の必勝ノートを貸してやる。あれをしっかり読みこめば、どんな馬鹿《ばか》でも及《きゅう》第《だい》点はとれるはずだ……」

おお、そんなノートが！　素晴《すば》らしい！

「ありがとう、ブラック！」

「助かります、竜翔院凍牙様ー！」

歓喜《かんき》してすがりついてくる一同に、中村君は「フン……せいぜい感謝しろ」とニヒルな笑みを浮かべた。

☆★☆

中村君のノートは丁寧《ていねい》に要点がまとめてあって、本当にわかりやすかった。おかげで私は無事、古典も及第点《ボーダー》を突破《とっぱ》。
ただ——

「野田！　高嶋！　貴様らこの俺がノートを貸してやったのに、どういうことだ!?」

「不運にも、ニコ生で『トウケンジャー』の一挙再放送をやっていて……」

「ちょうど『缶これ』で新イベントが始まっちゃって……」

激怒《げきど》する中村君の前で小さくなる野田君と高嶋君は、バッチリ赤点をとってしまったらしい。

どうしても、締《し》まらないんだね……。

エターナルフォースブリザード
エターナルフォースブリザード

第四章

オレの背後に立つのは危険

七月半ばの昼休み、三階の踊《おど》り場にある自販機《じはんき》に、飲み物を買いに行ったところ。

「……苦っ……」

そんな呟《つぶや》きとともに顔をしかめている長身の赤髪の男子に遭遇《そうぐう》した。

げ、九十九君。どうしよう、戻《もど》ろうかな。

そう思った直後、向こうも私の姿に気付いたようだ。

「やあ、聖サンじゃないか」

悠然とした笑みを浮かべ、片手に持った缶コーヒーを上げて見せる九十九君。

「——オレの背後に立つのは、危険だからオススメしないぜ」

「……？」

なに言ってんだ、この人。

とりあえず、話しかけられたら、そ知らぬ顔で引き返すこともできない。

「それ、ブラックコーヒー？」

「ああ。缶コーヒーは、ブラックしか飲めたものじゃないよ。他《ほか》のは砂糖や乳化剤《ざい》をガバガバ加えて、本来の味と香《かお》りが台無しだ」

涼《すず》しい顔でそうコメントする九十九君だけど……さっき見るからに不味《まず》そうなリアクションしてたよね。やっぱり変な人だ。

さっさと用事を済ませて帰ろう……そう思って足早に自販機に近づくと、「ねえ」とまた呼びかけられた。

「なんであんな奴らとつるんでるんだ？」

「あんな奴らって……野田君たちのこと？　別につるんでなんかいないよ」

「なるほど、付きまとわれてるってとこか」

初めて他人にわかってもらえた、という喜びは湧《わ》いてこなかった。九十九君の言い方が、なんだか嫌《いや》な感じだったからだ。

「あいつらほんとバカだよねー。正義の味方ぶってたり、イケメンと勘違《かんちが》いしてたり、あと暗黒神だっけ？　マジ痛い」

「……確かにあの人たちがおバカで痛いことは否定しないけど」

ガタン、という音とともに落ちてきた緑茶のペットボトルを取り出してから、私は九十九君の顔を無表情で見上げた。

「一番恥《は》ずかしいのは、ろくに知りもしないのに上から目線で陰口叩《かげぐちたた》いて、自分が偉《えら》くなったような勘違いしてる人なんじゃない？」

冷ややかに告げると、九十九君は虚《きょ》を突《つ》かれたように瞳を見開いた。

「……アハハハハハハ！」

かと思うと、大口を開けて、愉快《ゆかい》そうに笑い出す。何事⁉

「なかなか言うじゃないか、聖サン。さすが……あの底抜《そこぬ》けのバカどもに付き合っていられるだけある」

パチパチと拍手《はくしゅ》をしながら、嘲《あざけ》るような笑《え》みを張り付かせてそんなことをいう九十九君。

「何がおかしいの？」

「——おかしくなんてないよ」

突然《とつぜん》、九十九君の様子がガラリと変わった。

見下すような眼差《まなざ》しはそのままだけど、冷たく、苛立《いらだ》ちのにじむ硬《かた》い表情で、吐《に》き捨てる。

「退屈《たいくつ》でつまらなくてどうしようもない。こんな世界……全部、ぶっ壊《こわ》してやりたくなる」

……やっぱり、極力関《かか》わらない方がよさそうだ。

そう判断して、その場から離《はな》れようとした私の進路を塞《ふさ》ぐように、九十九君の手が自販機に押し当てられた。

「ムカつくんだよ」

身を強張《こわば》らせる私の耳元で、低い声が落とされる。

「本当の異能の恐《おそ》ろしさも孤《こ》独《どく》も知らないで、浮《う》かれてる奴《やつ》らを見ているのは――」

「……!?」

思わず息をのんで顔を上げると、すぐ傍《そば》に迫《せま》った爬虫類《はちゆうるい》めいた双眸《そうぼう》が、にいっと細められた。

「――せいぜい平穏《へいおん》の刻《とき》を戯《たわむ》れてたらいい」

「…………」

凍《こお》り付いてしまったような空気を打ち破ったのは、聞きなれた良く通る声だった。

「ピンク！」

不思議なほど安心して、ほ、と吐息《といき》が漏《も》れる。

「ヒーローたちのお出ましか」

からかうような口調でそう言うと、九十九君はさっさと階段を上って、その場から立ち去っていった。

「どうした、ピンク!?」

駆《か》け寄ってきた野田君は、私の顔を見るとサッと頬《ほお》を強張らせ、「あいつ……！」と呻《うめ》いた。

そのまま拳《こぶし》を握《にぎ》って九十九君を追いかけようとするのを、「待って！」と引き止める。

「別に、変なことされたわけじゃないから」

「――けど、何もなかったって感じでもないだろ。顔色が悪いぜ」

「いったい何があった？　聖瑞姫」

野田君の後ろから追いついてきた高嶋君と中村君からも、怪訝《けげん》そうに気遣《きづか》われて、そんなに動揺《どうよう》してるんだ、と自覚した。

「ちょっと、驚《おどろ》いただけなんだけど……」

近くにあったベンチに腰《こし》を下ろし、様子が変わってからの九十九君の台詞《せりふ》を伝えると、三人はポカンとしたように目を丸くしてから、またみるみると表情を険しくした。

「先日のファウストの一件での態度といい、奇妙《きみょう》な奴だな」

中村君の言葉に、高嶋君も大きく頷《うなず》く。

「てか、なんかずっと感じ悪いぞ、あいつ。会うたび、妙に突っかかってくるっつーか」

「――球技大会の時、ピンクの上にバスケのゴールが倒《たお》れてきたことがあっただろう？」

腕組《うでぐ》みした野田君が、真剣《しんけん》な表情で私たちを見回した。

「そんなことがあったのか？」

中村君にああ、と頷いてから、野田君はとんでもないことを言い出した。

「もしかしたらあれは、九十九が異能で、意図的にピンクを狙《ねら》って倒したのかもしれない」

……………はあ？

「またまた……」

苦笑《くしょう》しかけたけれど、脳裏《のうり》に蘇《よみがえ》ったのは、あの事件の直後に見た、意味深に笑う九十九君の姿。

いやいや、でも、まさか……ねえ?

「俺もそんな気がしてきた」

高嶋君まで、野田君に同意するようなことを言い出す。

「実は、さ……あのゴールが倒れてきた時、一瞬《いっしゅん》、ゴールが不自然な動きをしたような気がしたんだよ」

「……!?」

「具体的には、倒れてくる途中《とちゅう》で一瞬宙で止まって、また動き出したような――」

「……そんな、気のせいだよ。異能なんて、あるわけないでしょ?」

ドキンドキンとにわかに騒《さわ》ぎ出す鼓動《こどう》をたしなめながら、私はそう言ったけれど、みんなはいたって真面目《まじめ》だった。

「もしかしたら、カラオケボックスのあの酒も、九十九がすり替《か》えたのかもしれないぞ」

高嶋君の指摘《してき》に、また意表を突かれる。

「どうしてそんなことを？」

「嫌がらせだよ。……いや、聖はあの日、風邪《かぜ》ひいて薬飲んでただろ？　もし九十九がそれを知っていたとしたら……」

「風邪薬を服用している時の飲酒は、場合によっては意識障害や呼吸困難などの症状《しょうじょう》を引き起こし、命に関わるケースもあるというな」

中村君がびしりと指摘すると、その場の緊張《きんちょう》は更《さら》に高まった。

「いくらなんでもそれは……なんで九十九君が風邪のこと知ってるの？」

「たまにくしゃみしてただろ？　テレパシーとか持ってる可能性もあるし」

「テレパシーねえ……」

真顔で言う高嶋君に、私は呆《あき》れたように相槌《あいづち》を打ったけれど、厨二《ちゅうに》病男子たちはすっかりそっちの方向で盛り上がり始めていた。

「もしや、ファウストにあの猫《ねこ》をけしかけたのも、九十九だったのか？」

「ああ、あの時、おれのサーチライトが反応したのは、きっと九十九の邪気《じゃき》に対してだったんだ。九十九は――『組織』の手先なのかもしれない」

「生まれつきの異能のせいで迫害《はくがい》されて、人類を恨《うら》むようになった『孤独な能力者』って線もあるよな」

……そんなこと、あるわけないでしょって思うけど……。

ほんの少しだけ、もしかしたらって気がしてくるくらいには、私も揺《ゆ》らいでいた。

――「ムカつくんだよ。本当の異能の恐ろしさも孤独も知らないで」

耳元で囁《ささや》かれた九十九君の声が、まだ、頭の片隅《かたすみ》でこだましていた。

☆★☆

「九十九が何を企《たくら》んでいるのか、調べる必要がある」

野田君の提案で、放課後、みんなで九十九君を尾行《びこう》することになった。

九十九君は少し離《はな》れた所から、電車で通学しているらしい。

「九十九のクラスの奴に聞いたけど、あいつ、誰《だれ》とも馴染《なじ》まないし、詳《くわ》しい事情を知ってる奴はいないっぽい。付き合いは悪くないけど、なんか態度が悪いから近頃《ちかごろ》は誰も誘《さそ》わないってさ」

隣《となり》の車両に乗った九十九君の姿を、連結部分の窓からこっそり眺《なが》めながら、高嶋君が教えてくれる。

「とある由緒《ゆいしょ》正しい大神社の跡《あと》取り息子《むすこ》だ、という噂《うわさ》は小耳に挟《はさ》んだことがある」

中村君の言葉に、「なに!?」と目を瞠《みは》る野田君。

「神社の息子……間違《まちが》いないな。九十九零は、霊能《れいのう》力者だ」

「いや、断定早すぎ!」

即座《そくざ》にツッコんだけれど、野田君は真顔で首を横に振《ふ》った。

「甘いぞ、ピンク。おまえはあいつに何度も殺されかけてるんだぞ?」

「だから、それもただの妄想《もうそう》だし……第一、カラオケのお酒って、九十九君が頼《たの》んでも未成年だから、お店の人は持ってきてくれないはずだよね? やっぱりあれは店員さんのミス――」

「そのミスを誘ったのが九十九なのではないか？　人心を操《あやつ》る——厄介《やっかい》な能力だが、この竜翔院凍牙には通用しない。俺の心はいくつもの地獄《じごく》を見て、すでに凍《こお》り付いているからな……」

「九十九自身、昔の戦いで仕留め損《そこ》ねた悪霊《あくりょう》に操られてるって可能性もあるよな」

「そうだな！　ピンク、お前はまだ覚醒《かくせい》前だ。戦闘《せんとう》になったらおれたちの後ろに隠《かく》れてろ」

……駄目《だめ》だ、この人たちにはどんなに常識で諭《さと》しても通用しない……。

やがて電車を降りた九十九君は、突然《とつぜん》すごい勢いでエスカレーターを駆《か》け上りはじめた。

「やばい、気付かれたか⁉」

顔色を変えて、野田君たちも急いで後を追う。

エスカレーターを上りきった九十九君は、一直線に駅の構内にあるトイレへと飛び込んでいった。

しばらくしてから、ハンカチで手を拭《ふ》きながら、すっきりした表情で出てくる。

……急に便意を催《もよお》しただけらしい。

た。

柱の陰《かげ》で脱力《だつりょく》する一同。

一方、九十九君は時計に目を向けた瞬間《しゅんかん》、その顔を大きくしかめ、また足早に歩き始めた。

向かった先は、さっき乗っていたのとはまた別の電車のホーム。

電光板に表示される電車の発車時刻はちょうど今の時間ぴったりだ。タイミング悪く、乗り換《か》えの電車を逃《のが》しちゃった……？

と思いきや、ホームに降りてみると、まだ電車は発車していなかった。九十九君と私たちが乗り込んで、少ししてから、動き出す。

『点検のため、発車が二分ほど遅《おく》れました。皆様《みなさま》にはご迷惑《めいわく》をおかけしまして申し訳ございません』

流れ出した車内放送を聞きながら、ニヤリと口元をゆるめる九十九君。

そんな彼に視線を注いでいた野田君たちが、「まさか……！」と息をのむ。

「これも、九十九の力？」

電車の待ち時間短縮するために電車を止めたって？　こらえ性《しょう》なさすぎでしょ！

九十九君はその後も一度電車を乗り換え、私たちが今まで降りたことのない駅で下車した。

「神社って、あそこか？」

野田君が指さした山の上には、確かに長い石段と朱《あか》い鳥居のようなものが見えた。

九十九君がそっちの方向へと歩き出したので、一同は顔を見合わせ、頷《うなず》き合ってから、また尾行を続ける。

イヤフォンをつけて帰路につく九十九君に、今のところ怪《あや》しい言動は見られない。にもかかわらず、野田君たちの表情は徐々《じょじょ》に険しくなっていく。

「おまえたち、気付いたか？」

「無論だ。九十九が渡《わた》る横断歩道は、さっきから青ばかりだ」

「畜生《ちくしょう》、信号までも操れるのかよ、あいつ……」

「ただの偶然《ぐうぜん》でしょ！　妄想もいい加減にしなさい」

どちらかというと、彼が振り返りそうになるたびに慌《あわ》てて物陰に身をひそめる私たちの方がよっぽど怪しいだろう。うう、通行人の視線が痛い……！

てか、九十九君がテレパシーを持ってるなら、尾行なんてとっくにバレてるよね？　つい勢いに乗せられてこんなところまで来ちゃったけど、何やってるんだろう私……。

神社に向かってると思われた九十九君だけど、住宅街を歩いていたところで、不意に道路に面した一軒家《いっけんや》へと入っていった。

「!?」

古ぼけた屋根瓦《やねがわら》に、ところどころ新しい瓦が載《の》っているのが目に付く、築年数がかなり経過していそうな和風の平屋。

「ただいまー」

九十九君の声と、表札に書かれた『九十九』の文字を見るに、ここが彼の家で間違いなさそうだ。

「大神社……？」

首をかしげつつ、みんなして生け垣《がき》の隙間《すきま》からのぞき込む。のぞきなんて良くないことだけど、ここまできてただで帰るのも空《むな》しいから……ごめんなさい！

縁側《えんがわ》に面した平屋の窓は全《すべ》て開け放たれ、中の様子は丸見えだった。

「今日お母さん帰り遅いんだって。零が晩飯《メシ》係ね」

「あたしハンバーグがいい。ダイエット中だから、豆腐《とうふ》ハンバーグ」

くつろいだ様子で寝転《ねころ》がってゲームしたり、雑誌を読んだり、椅子《いす》によりかかってマニキュアを塗《ぬ》ったりしている三人の女性が、九十九君に向かって次々に声を上げると、九十九君の顔が大きくひきつった。

「遅《おそ》い。何もたもたしてんのよ」

「たまにはねーちゃんたちが作ってよ……ってああ、またこんなに着替《きが》え脱《ぬ》ぎ散らかして
……」

「「「は？　あんたお姉さまに文句あるの？」」」

一斉《いっせい》にお姉さんたちに睨《にら》まれて、「……なんでもありません」とうつむき、散らかった

服や靴下《くつした》を集める九十九君。……学校での高慢《こうまん》な振る舞《ま》いとはまるで別人だ。

「にーちゃん、おかえりー！」

「あそんで、あそんで～！」

「ぐえっ」

幼稚園《ようちえん》生くらいの男児と女児が、洗濯物《せんたくもの》を持って立ち上がろうとした九十九君の背中に飛びかかり、バランスを崩《くず》した九十九君はその場に転倒《てんとう》する。

「～～いきなり飛びかかってくんなっていつも言ってるだろ？　オレは忙《いそが》しいんだよ。美《み》琴《こと》はどうした？」

「みーちゃんあそびにいっちゃったもん。ねー、トランプしよー」

「おうまさんやって～」

「てか零、あんた今朝ゴミ出し忘れてたでしょ？　臭《くさ》いからちゃんと今日中に隣町《となりまち》に捨ててきてよ」

「のど渇《かわ》いたー。零、お茶入れて。あと、ポッキー食べたいから買ってきて」

「ええっ、オレまだ帰ってきたばっかだよ？」

「ごちゃごちゃ煩《うるさ》いんだよ。買ってこい！」

「ハイ……」

やがて肩《かた》を落として玄関《げんかん》から出てきた九十九君は、呆然《ぼうぜん》とその場に立ち尽《つ》くしていた私たちの姿に気付き、あんぐりと口を大きく開けた。

「な……な……」

ひくひくと頬《ほお》をひきつらせながら、カーッとその顔が赤く染まっていく。

「――こそこそ嗅《か》ぎまわるなんて、いい根性《こんじょう》してるじゃないか」

腕《うで》を組み、顎《あご》を上げて取り繕《つくろ》うようにいつもの薄笑《うすわら》いを浮《う》かべる九十九君に。

「「「……うん、なんか……ごめん」」」

みんなで目線を下げながら謝ると、九十九君は「謝るなよ!!」と頭を抱《かか》えて悶絶《もんぜつ》した。

「あ、ああ、見なかった、九十九、おれたちは何も見なかったぞ！」

「うむ、ここにいる全員に〈記憶削除《イレイザー》〉をかけるから安心しろ」

「てかむしろ好感度上がったっていうか？　おまえも苦労してんだな……」

「そうだよ、なんていうか……ファイト！」

「やめろー！　そんな同情するような目でオレを見るなー！」

みんなでなんとかフォローを試みたけれど、どうやら逆効果だったらしい。九十九君は目を潤《うる》ませて、絶叫《ぜっきょう》した。

「くそっ、馬鹿《ばか》にしやがって……」

ふうーっと大きく息を吐《は》いてから、九十九君は冷たい表情で私たちを見回した。

「どうやら……痛い目見せてあげないといけないかな……？」

「……!?」

空気の変化を察して、思わず野田君たちが身構えたその時。

「あーっ、みーちゃんのお兄ちゃん！」

幼い声が響《ひび》き渡り、振《ふ》り返ると、道の向こうからやってきたおかっぱ頭の少女が九十九君を指さしていた。

その後ろには、泣きべそをかいているおさげ髪《がみ》の少女の姿もある。

二人とも、小学校の低学年くらいだろうか。

「や、やあ、ちほちゃん、美琴……どうした？」

気をそがれたように片手を上げる九十九君に、おさげ髪の少女が「お兄ちゃーん」と泣きながら抱《だ》き付いてくる。

おかっぱ頭のちほちゃんが「あのね」と説明を始めた。

「さいきん、稲川神社《いながわ》にお化けがでるっていうから、今まで学校のみんなで探しにいってたの」

「稲川神社？」

高嶋君が首をかしげると、「うん、あそこ」とちほちゃんは駅からも見えた山の上の神社を指さした。

「それで、神社のうらの森を歩いてたらね、本当にガサガサ……って何かが動いてね、木に目が生えて、ピカーッて光ったの！」

ぎゅっ、と両手を握《にぎ》りしめて、真剣《しんけん》な顔で話すちほちゃん。

「それで、みんな、きゃーってあわてて逃《に》げてきたんだけどね……」

「なるほど……怖《こわ》かったんだな」

相槌《あいづち》を打ちながら九十九君は美琴ちゃんの頭に手を置いたけれど、美琴ちゃんはぶんぶんと首を横に振った。

「ちがうの。怖かったけど……それだけじゃないの。逃げるとき、ウサコちゃん落としちゃったの。ここに付けてたのに……」

どうやら、カバンにつけてきたマスコットのウサギを落としてしまったらしい。

でも、美琴ちゃんたちは怖くてもう神社には引き返せないってところかな？

「お兄ちゃん……どうしよう、ウサコちゃん、お化けに食べられちゃったかな？」

「――大丈夫《だいじょうぶ》だ！」

ポロポロと涙《なみだ》を零《こぼ》す美琴ちゃんに力強く答えたのは、野田君だった。

「すぐにおれたちがウサコを救出してくる！　な、九十九！」

がしっと九十九君の肩を抱いて促《うなが》すと、九十九君は「え？　何、オレも？」と目を白黒させた。

「っておまえの妹だろ！」

「不本意だが、いたいけな少女の涙の前では呉越同舟《ごえつどうしゅう》、一時休戦して協力態勢を敷《し》くべきだろう」

高嶋君と中村君にも囲いこまれて、九十九君はげんなりしたように顔をしかめながらも「……ＯＫ」と承諾《しょうだく》した。

「よし美琴、オレとこの手下たちがこれからウサコを捜《さが》してくるから――」

「誰《だれ》が手下だよ」

高嶋君のツッコミは無視して、九十九君は美琴ちゃんに小銭《こぜに》を渡《わた》しながら、言葉を継《つ》ぐ。

「おまえはこのお金でポッキーを買って帰れ」

……本当にお姉さんに逆らえないいんだね、九十九君……。

☆★☆

「待て。念のため、装備を整えよう」

神社へ向かう道中、そんなことを言って野田君が入っていったのは、普通《ふつう》のスーパーだった。

購入《こうにゅう》したのは、食塩とニンニク。

「食塩は清めの塩ってことでまだわかるけど、ニンニクって……」

「どんな種類のお化けかわからないだろ？」

野田君がみんなに配ろうとすると、「ハッ」と九十九君が嘲《あざけ》るように一笑《いっしょう》した。

「馬鹿馬鹿しい……本物の悪霊《あくりょう》をそんなもので退散できるわけないだろう？」

「九十九の霊能《れいのう》力なら対応できるのか？」

真顔で尋《たず》ねる野田君に、九十九君は一瞬虚《いっしゅんきょ》を突《つ》かれたように目を瞠《みは》ってから、「さあね」と意味深に口角をつり上げる。

「ただ、素人《しろうと》は下手に動かないほうがいいとだけ、忠告しておくよ」

まるで自分は素人じゃないっていうような口ぶりだけど……？

稲川神社は、長い長い石段を上った先にあった。

「ハアッ……まったく、どうしてオレがこんな労力を割《さ》かなきゃならないんだ」

「だからおまえの妹のためだろ」

額の汗《あせ》を拭《ふ》きながら愚痴《ぐち》をこぼす九十九君に、うんざりしたように応じる高嶋君。

「つーか、おまえ兄弟何人いるんだよ？」

「姉、姉、姉、オレ、妹、弟、妹の七人だよ。悪いか」

女系家族なんだね。それにしてもこのご時世に七人兄弟はすごい。

「家族で野球チーム作れるな」

「ハッ、その台詞《せりふ》は聞き飽《あ》きたよ」

「――おーい、ブラック」

一人軽快に先頭をきっていた野田君が、離《はな》れた場所からこちらを見下ろして、声を張り上げた。

「大丈夫かー？」

「くっ……この階段には……〈無限回廊《メビウスループ》〉の呪《のろ》いが、かけられて、いる……のか……ゼエッゼエッ」

滝《たき》のように汗を流し、息を切らす中村君は、みんなから大きく遅《おく》れていた。

女子の私より疲労《ひろう》が激しそうなのはどうなんだろう……。

「もしかして竜翔院、体力はからっきし？」

高嶋君の指摘《してき》に、「フン……」と無理やり口元に笑《え》みを浮《う》かべる中村君。

「忘れたか。俺は両手に……七十キロの拘束具《こうそく》をつけて、いる……ゼエッゼエッ」

じゃあ取ればいいのに、という心無いツッコミはやめてあげよう……。

石段を上りきると、朱《あか》い鳥居があり、神社の境内《けいだい》へと続いていた。

時計を確認《かくにん》したら、四時四十五分。この時季なら日の入りまでまだかなり時間があるのだけど、空はいつのまにか灰色の雲に覆《おお》われて、薄暗《うすぐら》くなっていた。

伝統のありそうな古い神社の社殿《しやでん》へは向かわず、美琴ちゃんたちが行ったという裏の森へと足を踏《ふ》み入れる。

うっそうと茂《しげ》った森の中は、さらに暗く、視界が悪かった。

木々が日中も日光を遮《さえぎ》るからだろう、気温は驚《おどろ》くほどひんやりとしている。

しかし、空気はじっとりと絡《から》みつくように重く、湿《しめ》った土や緑の匂《にお》いとともに、妙《みよう》な息苦しさを感じた。

「これは……確かに呪詛《じゆそ》にまみれし罪深き怨霊《おんりよう》どもが彷徨《さまよ》っていてもおかしくはないな」

緊張《きんちよう》のにじむ声で中村君が言うと、「おやおや」と九十九君が芝居《しばい》がかった仕草で肩《かた》をすくめた。

「君たち、さっきまでの威勢《いせい》はどうしたんだい？」

「九十九君は怖くないの？」

「オレは霊感が強いからね。ここにはそんな気配微塵《みじん》も感じられないよ」

「そうか。それは頼《たの》もしいな！　じゃあ、安心していくぞ」

九十九君の言葉を素直《すなお》に信じたっぽい野田君がずんずんとスピードを上げ始めると、

「ああっ、でも！」

と九十九君が慌《あわ》てたように引き止めた。

「こんなに暗いと、懐中電灯《かいちゅう》とかなきゃ無理じゃないか？　天気も怪《あや》しいし……今日はやめとこうよ」

「そういうわけにはいかない。美琴に、ウサコを連れて帰ると約束しただろ」

野田君はきっぱりそう言うと、また歩き始める。

「大和、あんまり一人で先行くなよ。はぐれたら厄介《やっかい》だろ」

野田君をたしなめる高嶋君の表情は、こわばっていた。中村君も一見冷静に見えるけど眉間《みけん》には深いしわが寄っているし、瞳《ひとみ》は不安げに揺《ゆ》れている。

後ろを歩く九十九君の様子は見えないけど、神経がごんぶとな野田君以外は、やっぱりみんな怖《こわ》いんだ……私だって、できるだけ早く引き返したい。

ここは、あまりにも気味が悪すぎる……。


不意に生温かい風が吹《ふ》き抜《ぬ》け、「ひいっ」と九十九君が私の肩にしがみついてきた。

び、びっくりした！


「九十九君、ただの風だよ」

ドッドッドッと早鐘《はやがね》を打つ鼓動《こどう》をなだめつつ言うと、九十九君は薄笑《うすわら》いを浮かべて身を離す。

「わかってるさ。ちょっと君をからかっただけだよ」

ほんとこの人、性格悪いな。


「なあ、なんかしゃべろうぜ」

高嶋君の提案に、「そうだな」と野田君と中村君が頷《うなず》く。

「……こういう森の奥で死んだら、発見が遅れそうだよな……」

「そういえば俺がまだ幼い頃《ころ》、神社で集団リンチを受けた哀《あわ》れな子羊が犠牲《ぎせい》となる事件があったが、あれはどこの神社だっただろう……？」

「やっぱりおまえら、しゃべるの禁止！」

「……ほんと馬鹿《ばか》だね、あいつら」

九十九君はそう言い放ちながら、また私の肩をぐっと摑《つか》んできた。

えーと、ちょっと、痛い……。


視界の悪い中、地面に目を凝《こ》らしながら、更《さら》に恐《おそ》る恐る進んでいくと——

「あった！」

九十九君の弾《はず》んだ声が響《ひび》き、みんなの唇《くちびる》からほっとため息が零《こぼ》れた。

道の端《はし》には、確かに手のひらサイズの可愛《かわい》らしいウサギのマスコットが落ちていた。

「こーゆーの見つけるのはやっぱりオレなんだよね」

得意げにそう言いながら、マスコットを拾い上げた九十九君だけど、顔を上げたすぐ先に何かの影《かげ》が立っているのに気付き、「うひゃあ」と尻《しり》もちをついた。

それは、一対《いっつい》の狐《きつね》の石像だった。そばに小さな祠《ほこら》もある。

山の中にこういうのが立っているのはそう珍《めずら》しいことでもないけど、薄闇《うすやみ》の中で見るお稲荷《いなり》さんは、非常に雰囲気《ふんいき》があって……怖い。

……ごくり、と思わずつばを飲み込んだその時。

ガサガサガサッ。

大きな音とともに、傍《そば》の茂みが激しく揺れ動いた。な、なに!?

同時に「ぎゃああああああ」と絶叫《ぜっきょう》が上がる。つ、九十九君?

「ごめんなさいごめんなさい、呪《のろ》わないでええええええ!」

九十九君はそう叫《さけ》びながら、ぴゅーっと今来た道を逃《に》げ帰っていった。

――って足、速!

一同が、九十九君の逃げ足のあまりの速さに呆然《ぼうぜん》としている間に、怪しい物音は消えていた。

「……なあ、結局あいつ、なんだったわけ？」

「霊能力《れいのう》とか、異能の持ち主って感じはしないな」

さすがに野田君たちも、九十九君の正体を冷静に考え始めたようだ。

「『平穏《へいおん》の刻《とき》を戯《たわむ》れてたらいい』などと、さんざん黒幕みたいなこと言って煽《あお》っておきながら……思わせぶりな言動をしていただけ、ということか？」

……まあ、そういうことなんだろうなあ。

つまりは九十九君も、人とは一味違《ちが》う自分を演出したがるただの厨二病《ちゅうに》だったんだろう。敵側のチートキャラになりきってたって感じかな？　まったく人騒《ひとさわ》がせな……。

「そんなことよりも、茂みがガサガサしてたのは……？」

「噂《うわさ》の化け物か？」

「って大和、あっさり言うなよ！　きっと野生の狸《たぬき》とかだって」

冷や汗《あせ》をかきながら声をひそめてぼそぼそと話し合っていたら、「……おい」と中村君の呻《うめ》くような低音が響いた。

「……あれは……なんだ？」

中村君が指さした方向に恐る恐る視線を向けた私たちは、はっと息をのんで凍《こお》り付いた。

そこに立つのは、吹き抜ける風にざわざわと不気味な音を立てて枝を揺らす、大きな一本の木。

けれど、その木には──目があった。

暗闇《くらやみ》の中で光る、一対の、金色の瞳……。

「…………！」

そして。


ざっ……ざっ……ざっ……。


土や落ち葉を踏《ふ》みしめるような重い足音が、私たちの後ろから近づいてきていた。

しん、と胃の底が冷えたような感覚とともに、肌《はだ》が粟立《あわだ》つ。

体は固まって、ぴくりとも動かせない。

やだ。なに？　なにが、近づいてるの？

その音は、もう、すぐ傍、私たちの真後ろまで迫《せま》っていて――

しゃがれた声が、鼓膜《こまく》を震《ふる》わせる。

「やっと……見つけた……！」

「…………！」

必死の力を奮い起こして振《ふ》り返った瞬間《しゅんかん》、ピカッと光った雷鳴《らいめい》に、坊主頭《ぼうずあたま》の大きなシルエットが照らし出された。

その肩《かた》には、ぐったりした九十九君が担《かつ》がれている……！

「……出たー！」

「臨・兵・闘・者・皆《かい》・陣《じん》・烈《れつ》・在・前――悪霊《あくりょう》退散！」

「キャー！　キャー！　キャー！」

「宇宙《コスモ》の果てまでブッ飛ばす！」

高嶋君と中村君が食塩をぶちまけ、私がニンニクを投げつける。敵がひるんだ隙《すき》をついて野田君が飛び蹴《げ》りを食《く》らわせると、巨体《きょたい》は「ごふっ」と呻き声をあげて膝《ひざ》をついた。

同時に、九十九君の身体《からだ》もどさりと地面に落ちる。

「どうだ、妖怪《ようかい》ぬらりひょん！」

「……誰《だれ》がぬらりひょんだ、この悪ガキども‼」

憤怒《ふんぬ》の表情で面《おもて》を上げたのは、よく見るとお化けではなく、体格のいい袴姿《はかますがた》の男性だった。

「わしはこの神社の宮司《ぐうじ》だ！」

「へ？　じゃあ、九十九はなんで……？」

「すごい勢いで走ってきたと思ったら、わしを見て勝手に気絶したんだ。昔から大口ばかり叩《たた》く癖《くせ》に肝《きも》っ玉の小さいガキだったが、変わらんな、こいつも……」

身体にかかった塩を払《はら》いながら、稲川神社の神主《かんぬし》さんが呆《あき》れたようにため息をついた時、

「う〜ん」という唸《うな》り声とともに九十九君の意識が戻《もど》った。

「あれ……オレ……ひいいっ、ぬらりひょん！」

「だから違う！」

「……あれ……？　あ、神主のおっちゃん……」

神主さんの姿を見て悲鳴を上げた九十九君だけど、周りに集まる私たちの姿を見て、冷静さを取り戻したようだ。

「お坊《ぼう》さんならわかるけど、神主さんなのにどうして坊主頭？」

高嶋君のツッコミに、神主さんは妙《みょう》に迫力《はくりょく》のにじむ笑《え》みを浮《う》かべた。

「──神主が禿《は》げてたら悪いか？」

「いいえ滅相《めっそう》もない！」

「『見つけた』っていうのは……？」

「あいつのことだ」

野田君の問いを受けて神主さんが指さしたのは、先ほど金色の目が光っていた大木だった。

目を凝《こ》らすと、木には穴が開いていて。

その木の洞《うろ》には、どこかで見た覚えのある太った三毛猫《みけねこ》が、ぴったりと収まっていた。

「ベンジャミン!?」

九十九君が驚《おどろ》いたように声を上げると、猫は「みゃ〜ご」と鳴きながら、九十九君の方へと近寄ってきた。

「……ほう。おまえの猫だったか」

ベンジャミンを抱《だ》き上げる九十九君を見て、そう呟《つぶや》いた神主さんの言葉に、含《ふく》むようなものを感じたその時。

ポツリ、と冷たいものが頰《ほお》を濡《ぬ》らした。

え……？

空を見上げるや、次々としずくが降り注ぎ、あっという間に大雨になる。

うそっ、夕立!?

「社務所に戻るぞ」

神主さんの先導に従って、慌《あわ》てて走り出す。

生《お》い茂《しげ》った木々でも防ぎきれない、笑ってしまうような土砂降《どしゃぶ》りだ。

もう、勘弁《かんべん》してよー！

☆★☆

社務所っていうのは、神社の事務所のことらしい。表はおみくじやお守り・絵馬《えま》等の販《はん》売所《ばい》になっていて、裏には休憩所《きゅうけい》のような畳《たたみ》の部屋が二つと、トイレや浴室もあった。全身見事にずぶ濡れになってしまったため、タオルと着替《きが》えを貸してもらう。

まさかこんな格好をする日がくるなんて……と思いつつ浴室で着替えてから、男子たちが控《ひか》えている畳の部屋へ行くと、「おお」と高嶋君が瞳《ひとみ》を輝《かがや》かせた。

「聖、めっちゃ似合う！」

――神主さんが貸してくれたのは、お正月のアルバイト用だという白の着物と緋袴《ひばかま》の巫《み》女装束《こしょうぞく》だったのだ。

「すげー可愛《かわい》い」

「なっ……」

高嶋君に熱っぽい視線とともにそんなことを言われて、思わず頬が熱くなったけれど。

「やっぱ巫女服には黒髪《くろかみ》だよなー。なあ、それでなんか関西弁しゃべって」

「は？　なんで関西弁？」

「『アイライブ！』の沙希《さき》ちゃんみたいだから」

「……絶対嫌《いや》」

一気に醒《さ》めた。

ちなみに、彼らもみんな一様に白い着物と紺《こん》の袴を身に着けている。

このちょっとしたコスプレに厨二《ちゅうに》病男子たちはすっかりテンションが上がってしまったようで、野田君は「飛天御剣流《ひてんみつるぎ》……九頭龍閃《くずりゅうせん》！」なんて言いながら見えない刀を振っているし、中村君は「破道の九十『黒棺《くろひつぎ》』！」などとドヤ顔で呪文《じゅもん》を唱えていた。

淀《よど》みないな……。

そんな中、九十九君だけがぽつんと部屋の隅《すみ》に座り、猫を撫《な》でながらそっぽを向いていた。

「どうした、ピンク？」

「ううん、九十九君、居心地《いごこち》悪そうだな～と思って」

自業自得《じごうじとく》とはいえ、少し気の毒に思いつつ小声でそう答えると、私の視線を辿《たど》った野田君は、しばらく黙《だま》ってそちらを見つめていた。

やがて、つかつかと九十九君の方へと歩み寄っていき、ポン、と彼の肩に手を置く。

ぎょっとしたように振り向いた九十九君に、野田君は微笑《ほほえ》みとともに澄《す》んだ瞳で、告げた。


「おまえも仲間になりたかったんだろ……パープル」

「…………は？」


ポカンと口を開ける九十九君。

「——だ、誰が！　そんなわけないだろう」

九十九君はすぐに顔をしかめて否定したけれど、野田君は「素直《すなお》になれよ」とまったく取り合わない。

「なるほど、『かまちょ』という奴《やつ》か……」

納得《なっとく》したように頷《うなず》く中村君。

「三次元《リアル》のツンデレとか、マジウザいからやめとけ」

呆れたように忠告する高嶋君。

「だからそんなんじゃないって！」

九十九君は真っ赤になって、必死で抗議《こうぎ》していたけれど……


「これで仲間が五人そろったな！」

野田君はご満悦《まんえつ》でそう宣言した。

その直後、ふすまが勢い良く開いて、神主《かんぬし》さんの姿が現れる。

「――おお、じゃあ仲間みんなで、がんばってくれ」

底知れない笑みを浮かべながらそう言うと、呆気《あっけ》にとられる私たちに、箒《ほうき》やら雑巾《ぞうきん》やらを配っていく神主さん……どういうこと？

「その猫、さんざん裏の畑を荒《あ》らしてくれてなあ……飼い主なら弁償《べんしょう》しろ！　とまでは言わんから、せめて神社の美化に協力せい」

「ゲッ……」

大きく表情をゆがめる九十九君の隣《となり》で、高嶋君が恐《おそ》る恐る質問する。

「あの、どうして俺たちまで……？」

「人を妖怪扱《ようかいあつか》いして塩まみれにしたりニンニクぶつけたり、飛び蹴《げ》り食《く》らわせたりしたのは誰《だれ》だ？」

「「「…………」」」

じろりと睨《にら》みながら顔を見回されたら、誰も、何も言えなかった。


いつのまにか、雨はすっかり上がって、空には虹《にじ》までかかっていた。

あの豪雨《ごうう》は何だったんだというくらい、清々《すがすが》しい景色。夕立ってこういうものかもしれないけど、なんてはた迷惑《めいわく》な……。

ため息をつきながら、そろそろ西に傾《かたむ》き始めた太陽を背にしてお社の壁《かべ》を雑巾で拭《ふ》いていたら、近くで雑巾を絞《しぼ》っていた九十九君の声が聞こえてきた。

「つまりはお化けの正体はベンジャミンだったたってことだよね。オレの霊感《れいかん》が告げた通り、この神社には幽霊《ゆうれい》なんていなかった、と」

懲《こ》りない九十九君に、神主さんは意味深に笑った。

「さあ、どうだろうな？」

「……え……？」

顔をこわばらせる九十九君の傍《かたわ》らで、「さては……」と中村君が口角を上げる。

「もとは魑魅魍魎《ちみもうりょう》の巣窟《そうくつ》だったが、この俺の右手に封印《ふういん》されしギルディバランの気配に怯《おび》え、悪鬼《あっき》どもはすべて逃《に》げ出した……というところか」

こっちも通常営業だ。やれやれ……。

「――嬢《じょう》ちゃんも苦労するな」

神主さんにそんな言葉をかけられて、「はい」と大きく頷いた。

「振《ふ》り回されてばかりです」

「……ああ、そういう意味じゃなくてな……」

……じゃあ、どういう意味？

眉《まゆ》をひそめた私を、神主さんは何もかも見通したような目で見据《みす》えながら、言葉を継《つ》いだ。

「何かあれば、相談に乗るからな」

「……なんのことか、わかりませんが」

戸惑《とまど》いながらそう答えると、神主さんは「なら、それでいい」と穏《おだ》やかな表情で頷いた。

そして、「こらー、おまえら、真面目《まじめ》にやらんかー！」と箒でチャンバラをやり始めた野田君と高嶋君の方へと駆《か》けていく。

「……九十九以上に、なにやら思わせぶりだな」

話が聞こえていたらしい中村君がいぶかしげに首をかしげると、九十九君も肩《かた》をすくめて相槌《あいづち》を打つ。

「昔っから、なんか食えないおっさんなんだよねー」

「……ま、気にしないことにするよ。ほら、私たちも手を動かさないと、怒《おこ》られるよ」

神社の境内《けいだい》は広いし、みんな遊んでばっかりだし……。

さんざん神主さんに怒られながら、結局、この日は日が沈《しず》むまでの一時間余り、みっちり神社の大掃除《おおそうじ》にこき使われる羽目になったのだった。

ベンジャミ〜ン♪

第五章
こじらせちゃって パンパカ パッパパーン

「やった……やっと、完成した……！」

自分の部屋の片隅《かたすみ》で、私は興奮に頬《ほお》を紅潮させていた。

目の前の床《ゆか》に広がるのは——千ピースのジグソーパズル。

一週間ほど前に、夏休みがスタートした。

学校に行かなくていい＝あの厨二《ちゅうに》な人たちと関《かか》わらなくて済む、というわけで、私にとっては実に二か月ちょっとぶりの平穏《へいおん》な日々の到来《とうらい》だった。

ビバ！　心静かで安らかな日常。

そしてせっかくの長い休みなので、普段《ふだん》できないことに挑戦《ちょうせん》しよう！　と思い立った私が選んだのが、このジグソーパズルだった。

毎日ちまちまと取り組んで、今さっき、ようやく完成にいたったのだ……。

ふふふふふふ。何とも言えない達成感と充足《じゅうそく》感。

これは病《や》みつきになりそうだ。

苦労の末にできあがった作品を壁に掛《か》け、一人悦《えつ》に入った。

一通り眺《なが》め倒《たお》して満足してから、しばらく放置していたスマホを捜《さが》す。

あれ……どこだろう、見当たらない。

あ、そっか、お風呂《ふろ》入る直前まで見てて、脱衣《だつい》所に置きっぱなしだった！

そう気づいて取りに行くと、スマホには着信が三件も残っていた。

全部高嶋君からだ。今は夜の九時……まだ電話ＯＫだよね。

なんだろう？　と首をかしげつつ、かけ返してみると、『はい』と高嶋君の声がした。

「あ、聖です。電話出られなくてごめんね」

『おかけになった電話は、電波の届かない場所にあるか、電源が入っていないか、可愛《かわい》い女の子じゃないとかかりません。顔面をお確かめの上、おかけ直しください』

「…………」

私は無表情でぶちっと通話を終了《しゅうりょう》した。

間をあけずに、スマホが鳴る。

「……はい」

『黙《だま》って切るなよー、冗談《じょうだん》通じない奴《やつ》』

「失礼なこと言うからでしょ」

『なんだよ、こっちこそ何度留守電メッセージ聞かされたと思ってんだ』

「それは謝るけど。で、何の用？」

『大和が、明日《あした》みんなでプールに行こうって言ってるんだけど、聖もど』

「行かない」

『……食い気味で即答《そくとう》するなよ……。女子もいっぱいいるぞ～空良ちゃんに、弥生、ミコリンに真由』

「残念ながら私にはあなたの脳内彼女たちを可視化する能力はないから。というか、補習はどうしたの？」

『昨日終わったんだよ。……やっぱり行かない？　プール』

「うん。みんなで楽しんできて。じゃあね」

『了解。おやすみー』

通話を終え、ふうっと一つ吐息《といき》を零《こぼ》してから、部屋へと戻《もど》る。

壁《かべ》に掛けられたジグソーパズルを見て、また、頬がほころんだ。

……よーし、次は二千ピース、いってみよー。

☆★☆

翌日、新たなパズルを買い求めるため、久々に出た外は……暑かった。

夏休みになってからは完全に引きこもってクーラーの恩恵《おんけい》の中でしか生活していなかったから、真夏の猛暑《もうしょ》はなおのこと身に堪《こた》えた。

駅を出て歩くこと二分。

拭《ふ》いても拭いても湧《わ》き上がる汗《あせ》にうんざりしながら繁華《はんか》街《がい》に足を踏《ふ》み入れた私は——

「ピンク!?」

突如《とつじょ》響《ひび》き渡《わた》ったその聞きなれた声に、ピシッと固まった。

「ピンクって、あだ名……?」

「なんでピンク？」

「というかあの男の子、どうして体操服なんて着てるの……?」

そばにいた通行人の笑い交じりの囁《ささや》き声が鼓膜《こまく》をくすぐる。

ああ、いっそ気付かなかったふりして立ち去ろうか? でも彼のことだからしつこく連呼して追いかけてくるだろう——そう判断して、私は肩《かた》を落としながら、のろのろと振《ふ》り返った。

「野田君、高嶋君、中村君、九十九君……」

案の定、厨二病ボーイズが全員大集合だ。まさか鉢合《はちあ》わせしちゃうなんて……。

「久しぶり。これからプール?」

誘《さそ》いを断った手前、少し気まずい思いで尋《たず》ねたけれど、野田君は「ああ」と屈託《くったく》のない笑顔《えがお》で頷《うなず》いた。

「射撃戦《しゃげきせん》の訓練だ」

そう言うや、みんな一斉《いっせい》にシャキーンと水鉄砲《みずでっぽう》を取り出して構えてみせる。

楽しそうで何よりです。

「ピンクはどこに行くんだ?」

「ジグソーパズルを買いに、玩具屋《おもちゃ》まで」

「ジグソーパズル……？」

きょとんと目を丸くした高嶋君と九十九君が、次の瞬間《しゅんかん》、ぶぶっと噴《ふ》き出す。

「なに聖、夏休み中ずっと一人でパズルとかやってたの⁉　暗っ！　どんだけ地味なんだよ」

「恐《おそ》れ入ったよ、聖サン……渋《しぶ》すぎ……！」

「ええい、人の趣味《しゅみ》を笑うな！　てかあなたたちにだけは笑われたくないし」

この二次元妄想《もうそう》オタクと電波系ファッションオタクが！

「イエロー、パープル。ピンクの言う通りだ。『趣味に貴賤《きせん》なし』、地味でも、本人が楽しいならいいだろ」

「うむ、他人の趣味にあれこれ口を挟《はさ》むほど野暮《やぼ》なことはない。地味なことは否定しないが」

そんなに地味ですか？　別にいいけど。

「俺も悪いとは言ってないって。——玩具屋なら途中《とちゅう》まで道同じだな。行こうぜ」

「てか『パープル』って呼ぶのやめてくれないかい？　そもそもそんな色の戦隊キャラ、

聞いたことないし」

「じゃあ何色がいい？」

「そういう問題じゃないんだけど……どうしても呼びたいなら追加戦士っぽく『シルバー』とか『ゴールド』とかだったら、まあ、考えてあげてもいいかな」

「フン、分不相応な」

「ああ、九十九にはカッコよすぎてムカつく。『ゴールド』ならむしろイケメンの俺のがふさわしい」

「『ゴールド』ってイケメンなの？」

「キラキラしてそうじゃん」

くだらないことを言い合いながら移動をしていたけれど、途中で「あっ」と野田君が声を上げた。

「悪い、ちょっとそこの銀行に寄らせてくれ。お金下ろしたい」

☆★☆

銀行の自動ドアをくぐった瞬間、ひんやりとした冷気に包まれて、生き返る心地がする。

私も涼《すず》むため、一緒《いっしょ》に寄り道することにしたのだ。

ATMは混雑しているようで、野田君が並んでいる間に、他《ほか》のみんなは待合室の椅子《いす》に腰《こし》かけて休息をとる。

「お金下ろすって、お年玉とか？」

「いや、大和は高校から一人暮らししてるんだよ。春からおじさんが転勤になったから、あいつだけこっちに残る形で」

高嶋君の説明に、そーなんだ、と少し驚《おどろ》く。

そういえば野田君のお昼はいつもパンだったけど……。

「あ～、プール楽しみだな。みんな今年はどんな水着かなあ……空良ちゃんは白ビキニがいいな。本人は恥《は》ずかしがったんだけど、沙希ちゃんに『智樹が喜ぶで～』とか強引《ごういん》に薦《すす》められて、思い切って買ってくれた感じ？　弥生は大胆《だいたん》なチューブトップでわがままボディが炸裂《さくれつ》して、ミコリンは少女っぽくフリルとかついてるワンピースタイプか。真由は……」

高嶋君が妄想世界に旅立ってしまったので、反対側に視線を向けると、中村君が憂鬱《ゆううつ》そうにため息を漏《も》らしていた。

そういえば、うきうきと楽しげな他の三人に比べて、さっきから微妙《びみょう》に彼だけテンションが低い気がする。

「どうしたの？」

「別に、どうということもない」

いつも仏頂面《ぶっちょうづら》だけど、今日は輪をかけて不愛想《ぶあいそう》だ。

首をかしげていたら、後ろの席の九十九君がニヤニヤしながら教えてくれた。

「中村はカナヅチなんだよね」

「……かつて流れ着いた無人島で、禁断の果実を口にしてしまったせいだ。リスクはわかっていたが、あの時は餓死《がし》寸前だったため、食べるしか選択肢《せんたくし》がなかった……俺はその稀《き》少《しょう》な果実の力で新たな能力を得たが、同時に海の神の呪《のろ》いを受け、泳ぐことのできない体となってしまったのだ」

それ、なんていう悪魔《あくま》の実？

「水の中でも自由自在に動ける魔法とかは使えないのかい？」

悪ノリした九十九君が尋ねると、中村君は真顔でスラスラと語り出す。

「水魔法か……かつては俺の得意とする魔術の一つだったが、やはり神の呪いは強力だ……俺が現世でエターナルフォースブリザードを使用できないのも、その呪いが背景にあるのかもしれないな。氷魔法は水魔法とはクラスが違《ちが》うが、緊密《きんみつ》な関係があるのは間違いない」

よくもまあ色々と思いつくなあ。

「魔法とか異能とか……そんなに魅力《みりょく》的？」

呆《あき》れながら尋ねたら、「当然だろう」と即答《そくとう》された。

「人知を超《こ》えた能力、肉体や年齢《ねんれい》、性別などのハンデも覆《くつがえ》す圧倒《あっとう》的な力、その迫力《はくりょく》、神秘性、無限の可能性……魂《たましい》が震《ふる》えないか？　俺があの漫画《まんが》やあのアニメのキャラたちと戦った時、それぞれの特性を最大限に発揮したらどのような展開になるかをシミュレーションするのも興奮する。バラエティに富んだ能力を、どのように応用するのか……地理的条件や武器の有無《うむ》、相性《あいしょう》によって変わりうる戦況《せんきょう》――」

この人、普段《ふだん》は寡黙《かもく》だけど好きな分野になると急に饒舌《じょうぜつ》になるタイプだよね……。

熱くまくし立てていた中村君は、最後にフッとニヒルに口角をつり上げ、「まあ、どんな状況下《じょうきょうか》でも、最強はこの竜翔院凍牙だがな」と締《し》めくくった。

「……『最強』ねえ……」

「なんだ、その癪《しゃく》に障《さわ》る笑《え》みは」

中村君が眉間《みけん》にしわを寄せて睨《にら》みつけると、からかうように復唱していた九十九君が
「ああ、ごめんごめん」と悪びれた様子もなく肩《かた》をすくめた。

「オレのこの笑顔はもう、癖《くせ》みたいなもんなんだよ。ちょっと感情がぶっ壊《こわ》れてるのかもしれないね」

稲川神社であれだけビビりまくってたくせに、よく言えるな。

「──オレはきっと、死ぬ瞬間《しゅんかん》も笑ってるんだ」

どこか乾《かわ》いた笑顔でそんなことをうそぶく九十九君に、げんなりしていたその時。

不意にキャアッという短い悲鳴とともに、男の荒々《あらあら》しい声が響《ひび》き渡《わた》った。


「全員動くな。声も出すな。言うことをきかないとすぐにこいつを殺す」

何!?　と思って振《ふ》り返ると、帽子《ぼうし》をかぶり、サングラスとマスクをした男が、窓口付近で女性客のこめかみに拳銃《けんじゅう》を当てていた。

そのそばでは、同じような格好をした男がもう一人、やはり拳銃を受付の女性に向けながら、手に持っていたボストンバッグを机に投げ出す。

「ありったけの金をこれに詰《つ》めろ。急げ！」


――まさか、銀行強盗《ごうとう》!?


あまりの急展開に、頭が真っ白になる。

「他の奴《やつ》は全員ケータイを床《ゆか》に捨てて、手を挙げてその場に腰を下ろせ。もし隠《かく》し持ってることがわかったら、その時点で殺す」

人質《ひとじち》がとられていては、言う通りにするしかない。

その場にいる全員が青白い顔で、ケータイを手放した。

「オラ、もたもたするな！」

銀行強盗に急《せ》かされて、窓口の女性が泣きそうになりながらバッグに札束を詰めていく。

――彼らの手際《てぎわ》は素早《すばや》かったけれど、銀行員の誰《だれ》かがこっそり防犯ブザーを押したのだろうか、遠くからパトカーのサイレンの音が近づいてきた。

強盗たちの身体《からだ》が動揺《どうよう》したようにビクッとはねあがる。

ほらほら、警察が来ちゃったよ。今時銀行強盗なんて成功するわけないんだから。早く逃《に》げなきゃ！　頼《たの》むからさっさとどっか行け……！

緊張《きんちょう》でのどから心臓が飛び出しそうになりながら必死で祈《いの》っていたけれど——テンパったのだろうか、窓口で銃《じゅう》を構えていた強盗は「クソッ」と忌《い》ま忌ましげに悪態をついてから、耳を疑うようなことを言い出した。

「……シャッターを全部下ろせ！」

そして、銀行内を見回して、声を張り上げる。

「ここにいる奴は全員、その場に荷物をすべて置いてから、ロビーの中央に集まるんだ。早くしろ！」


……………立てこもっちゃう感じですか……？

☆★☆

閉まったシャッターの外からは、パトカーのサイレン音やブレーキ音が聞こえてくる。

銀行員と客、全部で二十人くらいがロビーの中央に固まって、息をひそめていた。

「どどどうするんスか、兄貴？」

こちらに銃を構えながら、小柄《こがら》な強盗が焦《あせ》りのにじむ声で尋《たず》ねると、大柄の方が苛立《いらだ》たしげに一喝《いっかつ》した。

「うるせえ、今それを考えてんだよ！」

うわあ……頭悪そうだ。

でも、衝動《しょうどう》的に何をしでかすかわからないタイプともいえるから、恐《おそ》ろしい……。

バン！

耳をつんざくような音が響き渡り、店内に設置されていた防犯カメラが破壊《はかい》された。大柄な男が、発砲《はっぽう》したのだ。

「いやだ死にたくない助けて神様……」

かすかに呟《つぶや》く声が聞こえてそちらを見れば、九十九君ががたがたと震えながら祈るように両手を組んでいた。顔面蒼白《そうはく》で、瞳《ひとみ》の縁《ふち》には涙《なみだ》が浮《う》かんでいる。

あなた死ぬ瞬間も笑ってるんじゃなかったの……？

思わず心の中でツッコんだけれど、すぐにまたバン！　バン！　と銃声が響いて、身がすくむ。

防犯カメラが次々とけたたましい音とともに落下して、大柄な強盗が得意げにふっと銃口に息を吹《ふ》きかけた。

「どーよ、俺のこの腕前《うでまえ》？」

「兄貴……あんまり撃《う》ってると銃弾《じゅうだん》がなくなるっスよ」

「う、うるせえ！　わかってるよ」

小柄な方の冷静な指摘《してき》に、大柄な方はバツが悪そうに顔をしかめると、店内の隅《すみ》にたてかけられていた刺叉《さすまた》で残りの防犯カメラを壊し始めた。

外からは、拡声器で投降を促《うなが》す警察の声が聞こえてくる……。

「――なあ、完全に囲まれてるぞ。諦《あきら》めて、さっさと自首しろよ」

隣《となり》に腰《こし》を下ろした野田君が声を上げるや、銀行強盗たちは殺気立ち、「ああん？」とこちらに銃口を向けた！

「黙《だま》ってろ、クソガキ！　ハチの巣にされてえか」

全身が凍《こお》り付くような恐怖《きょうふ》で、身がすくむ。

野田君、頼むから、余計なことは言わないで……！

祈りが通じたのか、野田君は悔《くや》しそうに唇《くちびる》を引き結び、強盗たちから視線をそらした。

☆★☆

小柄な強盗が私たちを見張り、大柄な強盗は考えあぐねるようにウロウロと銀行内を歩き回っている。

あの後も、銀行の責任者っぽい人が説得を試みたけれど、強盗たちは聞く耳を持たず、「これ以上喋《しゃべ》るなら――」と銃を向けて話を打ち切った。

人質になっている私たちは、生きた心地《ここち》がしないまま、動向を見守るしかない。

誰もが青ざめ、緊張で顔をこわばらせていた。

幼稚園《ようちえん》生くらいの女の子が、お母さんにしがみつきながら涙目でぶるぶる震《ふる》えているのに気付いた野田君が、痛ましそうに眉《まゆ》をひそめる。

「クソッ……武器も遠いしな……」

ＡＴＭそばに置いてきたカバンの水鉄砲《みずでっぽう》に視線を走らせながら、そんなことを呟く野田君。

「すまない、先ほどから右腕が疼《うず》いて……抑《おさ》えるので、せいいっぱいだ。くっ、こんな時に……！」

はあ、はあ……と控《ひか》えめに息を乱しながら、悔しそうに囁《ささや》く中村君。

あなたたち、今回ばかりは冗談《じょうだん》が通じる相手じゃないからね!?

本当に本当に、馬鹿《ばか》な真似《まね》だけはしないでください……！

「だが、あっちの男の構えている回転式拳銃《けんじゅう》……〈S&W　M19〉通称《つうしょう》コンバットマグナム、『ルパン三世』において次元大介《じげんだいすけ》が使用している銃と同様のものだが――」

小柄な方の男を一瞥《いちべつ》しつつ、こんな時まで豆知識を披露《ひろう》する中村君が囁いた次の言葉に、厨二《ちゅうに》病男子たちの瞳が瞠《みは》られた。

「――あれは、モデルガンだ」

意表をつかれたのは、私も同じだった。

「……そうなの？」

「ああ。さっき銃口をまっすぐに向けられた時、バレル内にインサートがあった。間違《まちが》いない」

きっぱりと断言する中村君……バレルやインサートがなんのことかはよくわからないけど、彼は実際に模型銃も持っていたし、その知識だけは信用できる気がする。

……とはいえ、だ。

「もう一人は確実に本物の銃を持ってるんだよ？　下手な真似はしないほうがいいって」

「……隙《すき》を突《つ》いて、本物の銃を奪《うば》えたら……」

眉を寄せて、そんなことを言い出した野田君にギョッとして、「駄目《だめ》だって」と止めようとした矢先。

「コラおまえら、さっきから何をぼそぼそしゃべってんだ!?」

本物の銃を構えた大柄な強盗《ごうとう》が、こちらへと歩み寄ってきた。

「二度とおしゃべりできないようにしてほしいのか？」

目を細めて、野田君のこめかみに銃をゴリゴリと押し当てる。

「……！」

瞬時《しゅんじ》に固まって、息を詰《つ》める私たちを見て、大柄な強盗はフンと鼻を鳴らしてから、銃《じゅう》の照準を野田君から外した。

ほっ、よかった……と胸を撫《な》で下ろしたところで。

「……あーっ」

突然《とつぜん》高嶋君が大声を上げたので、私はビクッと飛び上がった。

「あん？」

強盗が睨《にら》みつけるのもお構いなしに、高嶋君は急に瞳を輝《かがや》かせ、ある一点に熱い眼差《まなざ》しを注いでいた。

視線の先にあるのは——大柄《おおがら》な強盗の穿《は》いたズボンのポケットからはみ出た、美少女キャラのキーホルダー。

「この空良ちゃん、『アイライブ！』始まったばっかのころにゲーセンでしか取れなかった、期間限定の超《ちょう》レアなお宝グッズじゃん！」

高嶋君、こんな時に何を……と呆《あき》れたけど、強盗が「知ってるのか⁉」と食いついてきたのでまたビックリする。

「知ってる知ってる。いいなー羨《うらや》ましい、オークションとか出したら数万はいくんじゃね？」

「まあな。だが、どんなに生活苦しくなっても、これだけは売れねーよ」

高嶋君から羨望《せんぼう》の眼差しを向けられ、強盗が相好を崩《くず》す。

「熱いな！　でも気持ちはわかる。その空良ちゃんはやばい」

「ああ……辛《つら》い時にもこの空良ちゃんの笑顔《えがお》を見れば、まだ踏《ふ》ん張れるって思えるんだよ」

「さすが！　空良ちゃんの癒《いや》しパワーマジ半端《はんぱ》ねえ！」

「ああ、空良ちゃんは天使だ！」

こんな場所でまさかのファンミーティング……⁉

意気投合する二人に呆気《あっけ》にとられていたところ、不意に野田君が立ち上がると同時に回し蹴《げ》りを繰《く》り出し、大柄な強盗の手から銃が弾《はじ》け飛んだ。

「なっ……！」

強盗が目を白黒させている隙に、野田君は素早《すばや》く床《ゆか》に落ちた拳銃へと飛びつき、くるりと回転して起き上がる。

そして、ぴたりと銃口を大柄《おおがら》な強盗へと向けた。


「――もう一つの銃は偽物《にせもの》だってことはわかってる。観念して、表の警察に自首しろ」


まっすぐに相手を見据《みす》えながら、よく通る声で宣告する。

……すごいすごい。野田君、本当にヒーローみたいだよ！

人質《ひとじち》になっていた人々の表情にも、希望の兆《きざ》しが灯《とも》る。

「てめえ……騙《だま》しやがったな!?」

大柄な強盗が悔《くや》しそうに高嶋君を睨むと、高嶋君はぶんぶんと首を横に振《ふ》った。

「俺はそんなつもりじゃ……俺は心からの空良ちゃんファンだ！　信じてくれ！」

何を弁解してるんだろう、この人……。

「けど、強盗なんてやめろよ。空良ちゃんも、悲しんでるぜ」

「……っ……」

「兄貴、今更《いまさら》そんな言葉で揺《ゆ》らがないで欲しいっス！」

小柄な方が声を張り上げると、大柄な方はハッとしたように頷《うなず》き、鋭《するど》い視線を野田君に向けた。

「――馬鹿言うなよ、小僧《こぞう》」

やがて話し始めた大柄な強盗の口元には、銃を向けられているにもかかわらず、嘲《あざけ》るような笑みが刻まれた。

「銃なんて、一日二日で扱《あつか》えるもんじゃない。技術的なこともあるが、それだけじゃねえ……おまえに、人が撃《う》てるのか？」

「……撃てる」

野田君は両手で銃のグリップを握《にぎ》りしめたまま、答える。

でも、声はかすれていたし、冷房《れいぼう》が効いて寒いくらいなのに、その額からは、幾筋《いく》もの汗《あせ》が流れ落ちていた。

野田君……そうだよね。素人《しろうと》が、狙《ねら》って撃つなんてできない。発砲《はっぽう》したら、相手に大怪我《おおけが》をさせてしまうかもしれない、場合によっては殺してしまうかもしれない……たとえ悪人相手でも、怖《こわ》くて仕方ないだろう。

見守っているだけの私でも、胃がキリキリと痛んだ。

「——おう、ヤス、ぼやっとすんじゃねえ！」

いきなり大柄な強盗が吠《ほ》えたと思うと、小柄な強盗がモデルガンを投げ捨て、一番そばにいた女性の銀行員を羽交《はが》い絞《じ》めにした。

その喉元《のどもと》に、鋭利《えいり》なナイフが向けられるのを、銃を構えたまま動けなかった野田君が、悲痛な表情で見つめる。

「銃を離《はな》せ！　こっちは人質の二、三人死んだところで痛くもなんともねえんだよ」

「…………！」

血走った眼《め》で怒鳴《どな》りつけられ、それでも野田君が動けないのをみるや、小柄な強盗が勢いよくナイフを振りかぶり——

「やめろ！」

鈍《にぶ》い音とともに、野田君の手から銃が地面に落下して、ナイフの切っ先は女性の喉元で静止した。

小柄な強盗が女性を解放すると、女性は同僚《どうりょう》の銀行員にもたれかかるようにぐったりと倒《たお》れ込む。

大柄な強盗《ごうとう》は野田君の落とした銃を手にすると、深いため息を吐《は》き出した。

TRRRR……。

突然《とつぜん》、銀行内に電話が鳴り響《ひび》いた。窓口のデスクからだ。

大柄な男が、銃をこちらに構えたまま、電話をとる。

「ああ？」

受話器を耳に当てて、しばらく黙《だま》っていた男は、「うるせえんだよ！」と大声を張り上げるや受話器を机に叩《たた》きつけた。

「兄貴？」

「おとなしく投降しろって……ふざけんな！」

警察からの説得の電話だったのだろうか。

TRRRRR……とまた別の窓口の電話が鳴りだす。

「あーーーっ」

強盗はまるで癇癪《かんしゃく》を起こしたように濁《にご》った叫《さけ》びをあげると、バン！　と宙に発砲した。

着信が切れ、シン、と銀行内が静寂《せいじゃく》に包まれる。

ずっとシャッターの外から聞こえていた、拡声器による警察の呼び声も、止まった。

☆★☆

事態は完全に膠着《こうちゃく》状態に陥《おちい》っていた。

強盗たちはぼそぼそと相談をしているけれど、結論は出ないようだ。

人質は、長い拘束《こうそく》とストレスですっかり疲《つか》れ果てていた。

「俺たちに、何かできることはないのか？」

野田君がまたそんなことを囁《ささや》き始める。

「諦《あきら》めろよ、大和。悲しいけど、空良ちゃんファンにも悪人はいる。これが現実だ」

「ああ。この状況《じょうきょう》を突破《とっぱ》できるとしたら、最終奥義エターナルフォースブリザードを使用することくらいだが、あの技《わざ》はまだ現世では未完成だしな……」

こんな時でも相変わらず頓珍漢《とんちんかん》なことばっかり言っている人たちに眩暈《めまい》を覚えたけれど、
野田君は「それだ！」と顔を輝《かがや》かせた。

「エターナルフォースブリザード！　それしかない！」

「頼《たの》むからおとなしくしててよ。まだ未完成だって中村も言ってたでしょ？」

半泣きの九十九君が口をはさんだけれど、野田君は譲《ゆず》らなかった。

「大丈夫《だいじょうぶ》だ。絶体絶命のピンチこそ、大技が成功するんだ。おれたち五人の力を合わせれば、きっと……なあ、ブラック、イエロー、パープル、ピンク！」

「む？」

「へ？」

「はい？」

「私も!?」

話を振られた一同が一斉《いっせい》に目を丸くしたその時。


「そこのクソガキども、立て！」

怒声《どせい》が響き渡《わた》り、ビクウッと全員の肩《かた》が揺れる。

「チビと金髪《きんぱつ》、眼鏡、赤毛、それから嬢《じょう》ちゃんだよ……立てっつってんだろ!?」

追い立てられるように怒鳴られて、震《ふる》えを抑《おさ》えながら、ゆっくりと腰《こし》を上げた。

どうしようどうしようと思考を巡《めぐ》らす私の耳に、中村君の低い声が飛び込んでくる。

「至高なる天上の熾天使《してんし》セラフィム、混沌《こんとん》の覇者《はしゃ》たる大魔王《だいまおう》ルシファー。相反する汝《なんじ》らの無尽《むじん》のエネルギーを融合《ゆうごう》し、今ここに最後の審判《しんぱん》を下せ。凍《い》てつく氷と吹雪《ふぶき》の華《はな》で全《すべ》てを覆《おお》い尽《つ》くさん。古《いにしえ》の契約《けいやく》のもとに我が召喚《よ》び声に応《こた》えよ——秘奥義」

野田君、高嶋君、九十九君が覚悟《かくご》を決めたように手をかざす。

ちょっと、本当にやるの!?

「「「「エターナルフォースブリザード！」」」」

銀行内に四人の男子の声が響き渡った。

「…………」

「…………」

「…………」

「…………」

長い静寂の中で、真顔で手をかざし立ち尽くす彼らの姿を、誰《だれ》もがポカンと見守っていた。

「ふざけんじゃねえ！」

やがて、大柄《おおがら》な強盗が、「てめえら……」と呻《うめ》く。

「――ふえええええええん」

強盗の罵声《ばせい》に怯《おび》えたのだろう、不意に幼女が堪《こら》えきれなくなったように泣き出した。

お母さんらしき人が慌《あわ》ててなだめるけれど、幼女の泣き声は止まらない。

「うるせえ！」

忌《い》ま忌ましげに強盗が声を荒《あら》げると、幼女はより激しく泣き出した。

「このガキ、撃《う》たれてえか!?」

「そんな言い方したら泣くに決まってんだろ!?」

思わずといったように野田君が叫ぶと、大柄な強盗の額にピシッと青筋が浮《う》かんだ。

「てめえは生意気なんだよ。訳わかんねえことばっかしやがって！」

「……！」

ゴッ……と嫌《いや》な音とともに、強盗《ごうとう》の振《ふ》るった拳《こぶし》が野田君の頬《ほお》に食い込み、野田君の身体《からだ》が吹《ふ》っ飛ばされる。

「大和！」

「貴様ら、好きにさせておけば……！」

とっさに駆《か》け寄ろうとした高嶋君と中村君は、すぐに銃《じゅう》を向けられて、動けなくなる。

「いい気になるなよ、ガキども……！」

「がっ……」

「くうっ……」

二人が次々に強盗たちに殴《なぐ》られ、蹴《け》りつけられて、床《ゆか》に倒《たお》れ込むのを、私は奥歯を噛《か》みしめて、ただ見ていた。

「あわわわわわ……」

九十九君は、私の陰《かげ》に隠《かく》れるようにして縮こまっている……。

「――こい！」

いきなり、大柄な強盗に腕《うで》を引かれたと思ったら、こめかみに銃を押し付けられた。

「ピンク⁉」

「もう籠《こも》ってるのはやめだ。この嬢ちゃんを盾《たて》にして、限界まで逃《に》げ切ってやる。行くぞ、ヤス！」

「わかったっス、兄貴！」

わ、私ですか⁉

引きずられるように出口の方へと連れられて、息が止まりそうになる。

「くそっ……ピンクを離《はな》せ！」

「聖！」

「聖瑞姫！」

頬を痛々しく腫《は》らした野田君たちがよろけながら立ち上がったけれど、「動くな！」と強盗がすぐ横で叫《さけ》んだ。

「最終警告だ。そこから一歩でも動いたら、今度こそ本当に撃つぞ」

「……！」

悔《くや》しそうにぎゅっと拳を握《にぎ》る野田君たちを見てニヤリと口角を上げてから、強盗たちは私を無理やり急《せ》き立てて、出口へと向かっていく。

ドクンドクンと、鼓動《こどう》がすぐ耳元で聞こえた。

「……みんな、もう一度だ！」

身動きの取れないまま、野田君が提案したのは——

「もう一度、あの技《わざ》を唱えるんだ。地球のみんな、おれたちに力を分けてくれ……！」

両手を上に伸《の》ばして、必死で声を張り上げる野田君。

「至高なる天上の熾天使セラフィム、混沌の覇者たる大魔王ルシファー……」

祈《いの》りを込めるように懸命《けんめい》に、再び詠唱《えいしょう》を始める中村君。

大柄な強盗が盛大に舌打ちをして、私を捕《つか》まえたままみんなを振り返った。

「おまえら、いい加減にしろ！　そんなに撃たれてえのか!?」

「相反する汝らの無尽のエネルギーを融合し、今ここに最後の審判を下せ。凍てつく氷と吹雪の華で全てを覆い尽くさん……」

怒鳴《どな》りつけられても朗々と詠唱が続けられる中、野田君同様、力を集めるように両手を上に差し伸べる高嶋君。

涙目《なみだめ》の九十九君も、意を決したように立ち上がり、同じポーズをした。

「……よっぽど痛い目をみてえらしいな」

強盗が野田君へと銃口を向け、かちりと引き金に指をかける。

「ピンクも……テレビの前のみんなも、一緒《いっしょ》に唱えるんだ！」

こんな極限状況《じょうきょう》でも、野田君は、どこまでも本気だった。

本気で、奇跡《きせき》を信じていた。

――ああ、もう、わかったよ。やればいいんでしょ!?

「古《いにしえ》の契約《けいやく》のもとに我が召喚《よ》び声に応《こた》えよ――秘奥義」

せーの!

エターナルフォースブリザード
スブリザード！
ザード！
フォースブリザード　！
オオオオオオオオオオオオオオオオ！
フォース
エターナルフォースブリザード
ザード　！
ザード
ード！
ースブリザード！
ールフォースブリザード！
オオオオオオオオオオオオオオオ！
オオオ！！！！！！！！！！！
ード！
スブリザード！
ド！

エターナルフォースブリザード

エン

エターナルフォ

ルフォースブ

エターナ

エターナルフォースブリザードオオオオオオオオオ

エターナル

エターナルフォー

ブリザー

エタ　フォー

ー　ス　ブ　リ　ザード

エターナル

エタ

ターナルフォースブリザード！

エターナルフォースブリザードオオオオオオオオオ

エターナルフォースブリザード！

ターナルフォースブリザードオオオ

フォースブ

エターナルス

ブリザ

刹那《せつな》、ごうっと凄《すさ》まじい吹雪《ふぶき》が巻き起こり、辺りが真白に包まれる。

まるで異世界のような極寒《ごっかん》の光景。

身を切るような冷気に、思わず体を縮めた。


「……!?」


その場にいた誰《だれ》もが、驚《おどろ》きに目を瞠《みは》る。

けれど、それもほんの一瞬《いっしゅん》で。

瞬《また》きをする間に銀行内はもとの景色に戻《もど》った。

強盗《ごうとう》たちは、驚愕《きょうがく》の表情のままカチンコチンの氷に覆《おお》われていたけれど、その氷も、シャラーンと繊細《せんさい》な音を響《ひび》かせ、砕《くだ》け散る。

強盗たちは意識を失くしたまま、床《ゆか》に倒《たお》れ込んだ。

☆★☆

「…………すげーー！」

「成功、した……!?」

「え、マジ？　マジでエタフォ使えたの!?」

「うそ……やったああああああ」

しばし呆然《ぼうぜん》としてから、我に返って大喜びで喝采《かっさい》を上げる厨二病《ちゅうにびょう》ボーイズ。

他《ほか》の人質《ひとじち》になっていた人たちも、訳が分からないままながら、死の恐怖《きょうふ》から解放されて徐々《じょじょ》に表情を緩《ゆる》めていく。

強盗たちは気絶しただけのようで、銀行員たちが奥から取り出してきたビニールテープで、彼らをすぐに拘束《こうそく》した。

銀行のシャッターの外は、警察と報道陣《ほうどうじん》、そしてやじ馬で溢《あふ》れていた。

「災難だったな」

事件後の喧騒《けんそう》でバタバタしている中、道端《みちばた》でようやく一息ついていたら、不意に後ろから声をかけられる。

振《ふ》り返ると、稲川神社の神主《かんぬし》さんが、飄々《ひょうひょう》とした笑《え》みを浮《う》かべてそこに佇《たたず》んでいた。

「大丈夫《だいじょうぶ》か？　まあ、嬢《じょう》ちゃんなら、たいていのことは心配いらんか」

「……なんでここに？」

「たまたま通りすがっただけだよ」

神主さんは、銀行から担架《たんか》で運ばれる強盗たちを眺《なが》めながら、愉快《ゆかい》そうに囁《ささや》く。

「――『力』を使ったのか」

ううっ、バレてる。この人は気づいてそうだなと思ったけど、案の定だ。

内心冷や汗《あせ》をかきながらも、この時ばかりは反応が鈍《にぶ》い自分の表情筋に感謝して、小首をかしげてみせる。

「一般人《いっぱんじん》の前でおいそれと乱用するわけにもいかんしなあ。『異能』の使いどころは難しいが……また随分《ずいぶん》と派手にやったもんだ」

「なんのことでしょう？」

あくまですっとぼける私に、神主さんは腕《うで》を組んで、ため息を漏《も》らした。

「用心深い嬢ちゃんだな。ま、今わしから言えるのは……」

報道陣へことの顛末《てんまつ》を興奮交じりに語っている野田君たちに視線を向け、神主さんは言葉を継《つ》ぐ。

「あいつらなら、あんたの正体を知っても異端視《いたんし》なんかしないし、むしろ大喜びするだろってことくらいだ」

「…………」

「それはそれで面倒《めんどう》か」

思わず沈黙《ちんもく》してしまった私に、神主さんはかかっと肩《かた》を揺《ゆ》らすと、悠然《ゆうぜん》と去っていった。

やっぱりあの人、侮《あなど》れない……。

☆★☆

その後、私たちは重要参考人として警察署で色々と事情を聞かれた。

厨二病男子たちは嬉々《きき》として各自の設定とともにあの時の状況《じょうきょう》を語り倒したけれど、魔《ま》法《ほう》を再現することはできなかったし、単なる厨二病患者《かんじゃ》の妄想《もうそう》だと受け取られたようだ。

実際、ほぼ正しい。

他の人質の証言もあるので、不思議には思われたが、追い詰《つ》められた興奮状態から犯人たちが勝手に心臓発作《ほっさ》を起こしたのだろう、と結論付けられたようだった。

……ホッ、よかった……。


警察署を出たら次はまた報道関係者に囲まれて、その取材をようやく抜《ぬ》けたころには、もう日が傾《かたむ》き始めていた。

昼食は警察署でかつ丼《どん》をもらったけれど、またお腹《なか》がすいてきたので、ファーストフード店に入った。

中が混雑していたため、テイクアウトして、みんなで近場の公園で食べる。


「それにしても、凄《すご》かったな、エターナルフォースブリザード！」

目をキラキラさせた野田君が言うと、みんな大きく頷《うなず》いた。

「俺ってばイケメンの上にこんな力まで持ってて、恵《めぐ》まれすぎじゃねえ？　またモテちゃうよ、困ったなあ」

「フン……本来のエターナルフォースブリザードの力はあんなものではないが、覚醒《かくせい》もまだの現時点では上出来だったと言えるだろう」

「正義の味方を気取るつもりなんて毛頭ないけど、あのバカたちは単純に気に入らなかった……それだけさ」

「ああ、おれたちが力を合わせれば、怖《こわ》いものなんてない！」

……みんな、自分の世界に入っちゃって、会話が成立してないし。

今回のことでこの人たち、ますます厨二病悪化しちゃってる？

うわ～、勘弁《かんべん》してください……。


「――でも、プール、行けなくて残念だったね」

食べ終わったゴミをまとめながらそう言ったところ、厨二病男子たちはきょとんと目を丸くした。かと思えば、ニッと一斉《いっせい》に頬《ほお》を緩める。

「俺たちの戦場《フィールド》は、どこにだって広がってるんだぜ？」

「ああ、折よく弾薬庫《だんやくこ》もあるようだしな」

クイッと親指で示された先にあるのは、公衆トイレの前の流し台。

☆★☆

「ねえ、やめなよ。帰りの電車どうするの？　びしょ濡《ぬ》れになるよー!?」

公園で水鉄砲《みずでっぽう》戦争を始めてしまった男子たちに声を張り上げていると、近くにいた野田君がこちらを振り返った。


「止めるな、ピンク。男に生まれた宿命なんだ」


不敵な笑みとともに意味不明なことを言い放ち、水飛沫《みずしぶき》の中へと突《つ》っ込んでいく。

……あーあ、言わんこっちゃない。みんなあっという間にビチョビチョだ。

って、ちょっと、こっちに水かけないで！　……まったくもう……。

本当に、バカだよね。厨二病につける特効薬は、そう簡単には見つかりそうにない……。


「くらええ、アルティメットレーザー！」

野田

「くうっ、やられた！　だがこんなところで倒《たお》れるわけにはいかない。空良ちゃんという愛《いと》しい人が、俺の帰りを待っている……！」

「フッ、悪いな――チェックメイト！」

「アハハハハ、せいぜい羽をむしり合ってくれ。オレの愉快な操り人形《マリオネット》たち……ギャッちょ、コラ、集中攻撃《こうげき》は卑怯《ひきょう》……っ」


――まあ、でも。この人たちと過ごすのも、案外悪くない……かも？


「……えっ!?」

何気なく視線をこちらに向けた九十九君の顔が、なぜかみるみると赤くなる。

「ほう……聖瑞姫が笑うとは、珍《めずら》しいこともあるものだ」

「明日《あした》は隕石《いんせき》が降ってくるかもな」

ちょっと中村君、高嶋君、人を冷血漢みたいに言わないでください！

「隕石でも、地球外生物の侵攻《しんこう》でも、この仲間がいれば大丈夫《だいじょうぶ》だ」

拳《こぶし》を突き上げた野田君の明るい声は、広い空に響《ひび》き渡《わた》った。

「おれたちの戦いは、まだまだこれからだぜ！」

あとがき

こんにちは！　藤並《となみ》みなとです。今回はボカロや歌ってみた好きの私にとって、「なんという俺得！」なお仕事でした（笑）　実は私、過去にプライベートでれるりりさんのライブに行ったことがありまして。その会場で「脳漿炸裂《のうしょうさくれつ》ガール」が小説化」という発表を聞いてビックリしたものですが、まさか二年後にこのようなお仕事をさせてもらうことになるとは……「これって運命!?」と厨病《ちゅうびょう》ボーイズ並にテンション上げて執筆《しっぴつ》しました。

厨二病の症状《しょうじょう》や解釈《かいしゃく》は色々あると思いますが、この小説では「フィクションが好きすぎて自分もそんな選ばれし何者かであるように思い込んでしまっている人たち」、というのを一つの条件として設定しました。思春期の肥大した自意識や若さゆえの純粋《じゅんすい》さ、情熱、視野の狭《せま》さなど色々絡《から》み合ってこじらせちゃってますが、その根底にあるのは「愛」だと思ってます。だから痛くても、どこかコミカルで愛《いと》しい。

私もこの小説に、めいっぱいの愛を込《こ》めました。どうか、楽しんでいただけますように！　よかったら、感想など聞かせてくださいね。極力お返事書きますので♪

『厨病激発ボーイ』の生みの親であるれるりり様、個性豊かでカッコ可愛《かわい》いキャラたちを描《えが》いてくれた穂嶋《ほしま》様、たくさんのアイディアと明るい激励《げきれい》で一緒《いっしょ》にこのお話を作ってくれた担当の安井《やすい》様、れるりりさんの事務所の皆《みな》様、校正様、デザイナー様、営業様、書店員様、編集部の方々……関係者の皆様に、厚く御礼《おれい》申し上げます。

いつも応援《おうえん》してくれる家族、友人、親戚《しんせき》も、ありがとう。

お手紙やメッセージをくださった読者様。創作エネルギーの源であり、何よりの喜びです。本当にありがとうございます。

もちろん、今読んでくださっているあなたにも、最大限の感謝を。

最後にお知らせ。同名のれるりりさんのアルバムが、絶賛発売中です。是非《ぜひ》そちらもあわせてお楽しみください。ではでは！

藤並みなと

れるりりさんコメント

『厨病激発ボーイ』買ってくれてありがとうございます！
これからも応援よろしくお願いします
\(^ω^)/

れるりり

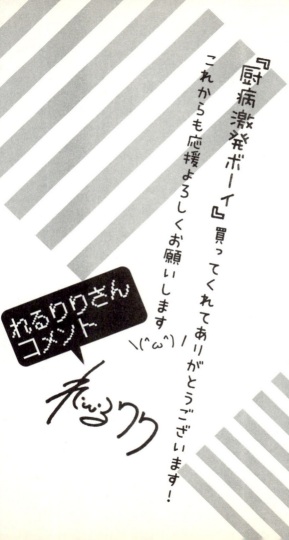

BEANS BUNKO

「厨病激発ボーイ」の感想をお寄せください。
おたよりのあて先
〒102-8078　東京都千代田区富士見1-8-19
株式会社KADOKAWA　角川ビーンズ文庫編集部気付
「れるりり」・「藤並みなと」先生・「穂嶋」先生
また、編集部へのご意見ご希望は、同じ住所で「ビーンズ文庫編集部」
までお寄せください。

厨病激発《ちゅうびょうげきはつ》ボーイ

原案／れるりり（Kitty creators）　著／藤並《となみ》みなと

角川ビーンズ文庫　BB507-1　19536

平成28年1月1日　初版発行

発行者――――三坂泰二
発　行――――株式会社KADOKAWA
東京都千代田区富士見2-13-3
電話(03)3238-8521(カスタマーサポート)
〒102-8177
http://www.kadokawa.co.jp/
印刷所――――暁印刷　製本所――――BBC
装幀者――――micro fish

落丁・乱丁本は、送料小社負担にて、お取り替えいたします。KADOKAWA読者係までご連絡ください。(古書店で購入したものについては、お取り替えできません)
電話 049-259-1100 (9:00～17:00/土日、祝日、年末年始を除く)
〒354-0041　埼玉県入間郡三芳町藤久保550-1

ISBN978-4-04-103608-2 C0193 定価はカバーに明記してあります。

厨《ちゅう》病《びょう》激《げき》発《はつ》ボーイ
chubyou gekihatsu-boy
原案★れるりり
(Kitty creators)
著★藤並《となみ》みなと
イラスト★穂嶋《ほしま》
(Kitty creators)
野田
2016年春頃
第2巻発売予定!?
厨二病男子たちが、またまた大暴れ!!
新キャラも登場する…かも?
角川ビーンズ文庫

「脳漿炸裂ガール」を手掛ける
吉田恵里香が
シリーズ構成・脚本を担当!
渋谷を舞台にした
シリアスアクション!!
大人気ボカロ曲を
YOUNG ACE ヤングエース
にて好評連載中!
毎月4日発売
脳《のう》漿《しょう》炸《さく》裂《れつ》ガール
nou shou sakuretsu girl
コミックス第①巻絶賛発売中!!
シリーズ構成・脚本
吉田《よしだ》恵里香《えりか》
漫画
名束《なつか》くだん
原案
れるりり(Kitty creators)
キャラクター原案
MW(Kitty creators)
脳漿炸裂ガール
KADOKAWA ©2012 Kitty publishing inc.
株式会社KADOKAWA B6判 Kadokawa Comics A
近くの書店に本がない場合は、KADOKAWA読者係(tel049-259-1100)までお問い合わせください。
OKAWAオフィシャルサイトでもご購入いただけます。→http://www.kadokawa.co.jp/

好評発売中の
れるりり
関連書籍!!
電撃コミックスNEXT
毎月10日・27日発売
度重なる重版の
反響に応え、
続刊を制作!!
[聖槍爆裂ボーイ
—黒槍の少女—]
2016年1月27日発売!!
予価(本体690円+税)
イラストとノベルで魅せる
ビジュアルストーリーで書籍化!!
[聖槍爆裂ボーイ]
原案/れるりり(Kittycreators)
著者/赤井紅介
イラスト/穂嶋(Kittycreators)
定価(本体640円+税)
ビーンズ文庫版とは違う物語の
もう一つの『脳漿』コミック!!
[地獄型人間動物園〜第一章〜
脳漿炸裂ガール]
原案/れるりり
ストーリー構成/内谷恭介
作画/omi
定価(本体570円+税)
『脳漿』に続く、
れるりりのヒット曲をコミック化!!
[地獄型人間動物園〜第二章〜
一触即発☆禅ガール]
原案/れるりり(Kittycreators)
脚本/吉田恵里香
作画/市ノ瀬雪乃(Kittycreators)
定価(本体620円+税)
KADOKAWA
発行:株式会社KADOKAWA アスキー・メディアワークス
ASCII MEDIA WORK

原案／40mP
著／西本紘奈
イラスト／たま
僕は有罪《ギルティ》？
恋愛裁判《れんあいさいばん》
超人気！40mP×たまが贈る、
胸キュン・ボカロ恋ウタを
完全小説化!!
クリプトン・フューチャー・メディア公認
歌楽坂高校１年の美空は、裁判官にあこがれる優等生。なぜか学校の人気者、バンドマンの柊二と“仮”交際することに。だが、柊二の「浮気」現場を見た美空は…!?
絶賛発売中！
ill. by たま © Crypton Future Media, INC. www.piapro.net piapro